KB065932

인생의 방향은
언제든 바뀔 수 있다

늦깎이 프로 골퍼, 조윤성의 무모함과 용기

인생의 방향은

언제든 바뀔 수 있다

조윤성 지음

달쓴북

세상 모든 사람은 저마다 다르게 생겼습니다. 외모와 마찬가지로, 저는 세상 모든 사람이 저마다 다른 내면을 가지고 있을 거라 생각합니다.

수년 전부터 많은 사람 사이에서 회자되고 있는 MBTI 검사라는 게 있습니다. 심리학자 카를 구스타프 융의 성격 이론을 바탕으로 이사벨 마이어스와 캐서린 브릭스가 개발한 성격 유형 검사라고 하더군요. 저는 한 번도 MBTI 검사를 한 적이 없습니다. 검사를 위해 질문 하나하나를 읽고 답하는 것이 귀찮게 느껴지는 것은 저뿐일까요? 물론 이런 검사는 사람들에게 유익한 무언가를 많이 가져다줄 것입니다. 그 유익함이 무엇인지 정확히 모르기도 하고, 또 개인적으로 크게 궁금하지도 않지만, 사람들이 이 성격 유형 검사를 많이 하는 데는 다 이유가 있을 거라 짐작할 뿐입니다.

저는 제가 어떤 유형의 사람이라고 정해지는 것이 싫습니다. 저는 아직도 자신을 잘 알지 못합니다. 가끔은 스스로가 아주 내성적인 사람으로 느껴지지만 때로는 새로운 사람들과 새로운 것들에 호기심을 느낄 때도 많습니다. 저는 익숙한 것에 머물기보다는 새로운 도전을 즐기는 편입니다. 새로운 것을 좋아하는 동시에 낯선 것, 낯선 사람들에게 어색함을 느끼는 것이지요. 이런 아이러니한 제 내면은 타고난 성향에 경험이 더해져 만들어진 것이라, 아니 만들어지고 있는 것이라 짐작됩니다.

우리가 주변에 있는 사물이나 겪은 사건을 언어로 표현할 때 그에 대한 사실을 100퍼센트 온전히 전달할 수 있을지 저는 늘 의문이었습니다. 누군가의 내면 혹은 성격에 대해 표현할 때도 마찬가지입니다. 이미 정해져 있는 몇 개의 단어를 조합해서 한 사람의 내면을, 그 내면을 만들어낸 한 사람의 인생을 과연 온전히 전달할 수 있을까요?

그러나 우리는 타인에 의해, 나아가 그 타인들의 집합체인 사회에 의해 만들어진 어떤 기준에 억지로 자기 삶을 꿰맞추며 살고 있는 것 같습니다. 우리가 보편적 혹은 일반적이라 생각하는 어떤 기준은 누군가의, 나아가 우리 사회의 편견에 의해 마련된 것일 가능성이 높습니다. 여하간 중요한 것은, 그리고 정말 놀라운 것은, 지구상의 수십억 명의 사람 중 나와 같은 사람은 단 한 사람도 없다는 사실입니다.

이 책을 쓰면서 저는 '나의 이야기가 누군가에게 흥미롭게 다가갈 수 있을까? 흥미롭지 않다면 과연 누가 내 이야기를 읽어줄까?'라는 고민이 앞섰습니다. 그래도 용기를 내어 한국의 여러 지역, 그리고 호주와 필리핀으로 거주지를 옮겨가며 세 아이를 낳아 기르면서 프로 골퍼가 된 제 삶에 대해, 그리고 그런 삶에서 제가 경험한 독특하고 신선한 이야깃거리와 더불어 그때그때 느끼고 깨달았던 것들에 대해 제 나름대로 정성스럽게 담아내려 노력했습니다. 하지만 그럴수록 저는 제가 쓰는 글이 한 사람의 작고 미천한 성공담으로만 비칠까 봐 무척 걱정이 되기 시작했습니다.

저는 스스로를 어마어마한 잠재력을 가진 아주 특별한 존재라고 생각합니다. 단지 그 잠재력을 아직 다 발휘하고 있지 못할 뿐이지요. 하하하. 여기에서 더욱 중요한 점은, 세상에 특별하지 않은 사람은 아무도 없다는 사실입니다. 우리는 모두 크기를 알 수 없는 잠재력과 특별함을 가지고 있습니다. 그리고 누구에게나 자신만의 특별한 삶을 만들어 온 소중한 이야기들이 있습니다. 저는 '제 이야기가 누군가에게 아주 작은 용기'가 되기를 바라는 소망을 이 책에 담았습니다. 그렇습니다. 용기를 내세요! 인생의 방향은 언제든 바뀔 수 있습니다!

2024년 봄

조윤성

차례

—→ **백스윙**

Backswing

우연히 내 앞에 벌어진 일도 가만히 들여다보면
그 속에 분명한 과정이 숨어 있다.

PART 1

**내일은 오늘보다
더 나은 내가 될 것이다**

내가 처음 골퍼의 꿈을 꾸게 된 곳은 버스 안이었다. 그렇다. 내 인생을 통째로 뒤바꿔 놓은 꿈을 갑작스럽게 설계한 곳, 그곳은 엉뚱하게도 버스 안이었다. 어떤 계기였다기보다는 그냥 선택이었다고 말하고 싶다. 양 갈래 길이 눈앞에 나타났을 때 그저 한 방향을 선택하는 것과 비슷한 느낌이라고 해야 할까. 그 선택에 누군가를 충분히 설득시킬 만한 이유가 있어야 하는 건 아닐 것이다. 그저 스스로의 선택을 믿었을 뿐이다. 무작정 관광비자로 호주에 도착한 지 한 달 정도 지났을 때로, 호주의 대학에서 제대로 유학 생활을 시작하기도 전이었다.

어학원 수업이 끝난 뒤 집으로 돌아가는 버스 안에서 미래에 대한 여러 가지 궁리를 하다가 프로 골퍼가 되면 어떨까 하는 생각이 강하게 들기 시작했다. 호주에서는 골프 치는 비용이 한국에 비하면 그리 비싸지 않다는 정보를 어디선가 들은 것 같기도 했다. 곰곰이 생각을 거듭한 끝에, 모험심이 강하고 예체능에 관심이 많은 성향상 나에게 골프가 잘 맞을 것 같다는 판단이 들었다. 지금 돌이켜 보면 그것은, 특별히 가진 것도 크게 이룬 것도 없던 내가 스스로 인생의 방향을 크게 바꿀 만한 무언가를 간절히 찾은 결과였다고 본다.

골프에 대한 지식이 거의 전무했던 나는 단순히 이런 생각부터 했다. 골프를 시작하려면 무엇보다 골프채가 있어야 한다는 것. 누가 보면 바보 같은 시작이라고 할지 몰라도, 그 바보가 어떤 선택을 끝까지 이어가는지는 지켜봐야 한다. 그렇게 나는 버스에서 내린 뒤 무료로 배포하는 지역신문을 구해 적당한 중고 골프채가 있는지부터 찾아보았다. 마침 100달러(당시 환율로 약 6만 원)에 나와 있는 중고 골프채 세트를 발견했다. 당시의 나에게도 크게 부담이 없는 가격이었다.

바로 판매자에게 연락해 찾아갔더니 연세 지긋한 백인 할아버지가 골동품처럼 보이는 골프채 세트를 건네주었다. 이것이 나의 첫 번째 골프채였다. 무게감이 나가면서 햇빛에 번쩍이는 은빛, 싸구려 골프채.

차가 없던 나는 버스와 전철을 갈아타며 골프 연습장에 다니기 시작했고, 큰맘 먹고 개인 레슨을 받기도 했다. 그렇게 기꺼운 마음으로 골프 생활이 시작되고 있었는데, 네 번째 레슨을 받던 날이었던가? 호주인 레슨 프로가 30분 레슨 시간 중 10분 이상을 다른 사람과의 통화로 날려버리는 것이 아닌가. 나는 간절했지만 그는 20대 후반의 초짜 동양인 골퍼에게 큰 관심이 없어 보였다. 그날로 나는 레슨을 그만두고 시립도서관에 있는 책들을 보며 골프를 독학하기로 마음을 바꿨다. 책에 나와 있는 스윙 사진들이 그 레슨 프로의 성의 없는 조언보다 훨씬 도움이 되는 기분이었다.

호주의 연습장에는 시간제한이 없었다. 골프공 한 바구니를 받아 그린에서 천천히 쇼트 게임 연습을 하며 많은 시간을 보냈다. 타석에서 공을 멀리 치기 시작하면서 연습 공의 숫자가 줄어드는 게 그렇게 아쉬울 수가 없었다. 해서 빈스윙을 몇 번씩 제대로 한 다음에야 진짜로 공을 때리곤 했다. 그때는 음료수 하나를 사서 마시는 것도 사치라고 느껴져 목이 말라도 참고 스윙에만 매진했다.

누구나 인생에서 중요한 선택을 해야 할 때가 있다. 이때 좋은 선택을 하는 것도 중요하지만, 그 선택으로 나중에 어떤 결과를 만들어내는가가 더 중요한 일이 아닐까.

내가 선택한 해외 유학, 혹은 그로 인해 하게 된 프로 골퍼가 되겠다는 결심은 그 결과가 좋았기 때문에 옳은 결정으로 보일 수 있다. 하지만 아닐 수도 있었다. 만약 중간에 포기를 했다면 말이다. 도저히 안 될 것만 같은 절망을 느낄 때가 많았지만, 나에게는 다른 선택지가 없었다.

처음 골프를 시작할 때 나는 중간에 스스로 포기하기 힘들도록 주변 사람들에게 프로 골퍼가 되려는 나의 계획을 알렸다. 물론 그 얘기를 들은 이들 대부분은 나를 실없는 인간이라 생각했을 것이다. 이렇게까지 했어도 사실 중도에 포기하게 된다면 주변 사람들에게 당할 망신은 참으면 되었다. 하지만 나를 전적으로 믿고 의지하는 아내에게만큼은 훗날 하나뿐인 남편이 '포기한 사람'이었다고 기억되고 싶지 않았다.

내 이름 옆에 따라붙는 것은 골프 선수 외에도 하나가 더 있다. 늦깎이. 늦깎이 프로 골퍼 조윤성. 사람들이 나에게 가장 많이 하는 질문 중 하나는 "어떻게 늦은 나이에 골프를 시작해서 프로가 될 수 있어요?"라는 질문이다. 골프를 처음 시작했을 당시의 내 모습을 떠올리며 이런 질문에 대한 답을 찾아본다면, 우선 '재능'과는 큰 관련이 없다는 것부터 말하고 싶다.

나는 스스로 골프에 특별한 재능이 있다고 느낀 적이 거의 없다. 프로가 되겠다고 마음먹은 대다수의 사람은 어느 정도의 운동신경을 지니고 있지 않을까 싶다. 체격 조건이 좋고 운동능력이 뛰어난 프로 지망생들을 자주 마주치면서 '아, 저런 사람들이 프로가 되는 거구나. 나는 아무래도 어려울 것 같아' 하면서 괜스레 자신을 책망할 때도 있었다.

프로를 준비하는 동안 골프가 너무 안 되어서 절망할 때도 많았지만, 다행히도 다음 날이면 언제 절망했냐는 양 금세

'할 수 있다. 해보자!'라는 생각으로 하루를 힘차게 시작하곤 했다. '긍정의 힘'이라고 해야 하나? 그러고 보면 나는 무척이나 긍정적인 사람이긴 하다.

하지만 나는 그러했던 나의 면모가 긍정성보다 '회복력 resilience'과 더 깊은 관계가 있다고 생각한다. 인생에서 절망했던 많은 순간이 있지만, 절망감을 오랜 시간 끌고 간 기억은 없다. 좌절감으로 한 달 혹은 그 이상 연습장이나 필드에서 사라지는 프로 골퍼 지망생들을 종종 보았지만, 나는 언제고 자리를 지켰을 뿐이다.

호주의 버스 안에서 처음 골프 선수가 되기로 마음먹었을 때 나는 20대 후반의 나이였다. 누군가에게는 인생을 잘 모르는 코흘리개 정도로 여겨지는 나이일지 모르지만, 소위 말하는 프로를 준비하는 골퍼로 치면 단언컨대 늦깎이라는 말이 너무나 잘 어울리는 나이였다. 그전에 다른 종목의 운동을 하거나 골프와 관련된 직업군에 속해 있었던 것도 아니었다. 나는 골프와 아무런 상관이 없는 수학학원 강사였다. 칠판 앞에 서서 아이들에게 여러 이론과 공식에 대해서 열을 내던 쪽에 가깝다고 해야 할까. 여하튼, 나는 골프와는 전혀 다른 삶을 살고 있었다. 수학 강사와 프로 골퍼와의 연관성을 찾으려 하는 이들은 별로 없을 것이다. 하지만 나는 내가 수학 강사로 일한 것이나, 다시금 새로운 꿈을 찾아 20대 후반이라는 늦은 나이에 프로 골퍼가 되기 위한 결심을 한 것이나, 이 모든 선택들이 모여 지금의 나를 만들었다고 생각한다.

그럼 늘 옳은 선택만 했느냐고 묻는 이도 있을 것이다. 하지만 내 선택은 결과와는 관련이 없다고 말하고 싶다. 나는 최악을 선택하기도 하고 최선을 선택하기도 하고 최후의 선택을 하기도 했으니까. 하지만 나는 믿는다. 당장의 선택이 최악의 선택을 만들더라도 그것을 과정처럼 바라볼 수 있어야 한다고.

그래서 나는 말한다. 늦은 나이에 골프를 시작해서 프로 골퍼가 된 비결은, 내 선택이 틀렸다고 생각되거나 나는 '도저히 안 되는구나' 하는 깊은 절망감을 수없이 느끼더라도 '포기하지 않는 마음가짐'이라고. 결국 포기하면 어떤 선택이 과정으로 승화하는 것이 아니라 실패라는 결론만을 낳게 된다.

포기하지 않으면 인생을 살아가면서 겪게 될 수많은 선택은 결국 성공으로 가는 과정이 된다. 내 인생에서 얼마간의 비중을 차지했던 수학 또한 수많은 오답을 거쳐 비로소 답을 찾아가는 과정이었다. 나는 살아가면서 무식하게도 오직 그 힘 하나만을 믿었는지 모른다. 오답을 내더라도 그 과정 속에서 언젠가 답을 찾아내면 된다는 것을 말이다.

그러므로 어쩌면 실패는 존재하지 않는 것인지 모른다. 우리가 실패라고 인식하는 순간은, 목표를 이루기 전의 어느 단계일 뿐인 것이다. 성공에 이르기 전에 '포기'한 것을 사람들이 실패라고 부르는 것인지도 모른다.

나는 인생의 모든 과정을 '성공과 실패' 혹은 '출세와 낙오'같이 이분법적으로 보는 세상이 조금은 야속하게 느껴진다. 그래서 최악의 결과도 받아들이려 노력한다. 그게 인간적인 것이니까. 이런 태도는 프로 골퍼가 된 지금도 마찬가지고, 골프와 아무런 상관이 없었던 수학 강사 시절도 마찬가지였다.

앞서 밝힌 것처럼, 내가 처음 골프 선수가 되어야겠다고 생각했던 곳은 한국이 아닌 호주였다. 대학을 졸업하고 수학 강사로 재직하던 중 호주 유학에 관한 청사진을 그린 뒤, 그곳에서 유학 생활을 하던 중이었다. 그 당시 나는 결혼을 한 상태였고, 수중에 돈이 많은 것도 아니었다. 그럼에도 호주 유학 결정을 기꺼이 따라준 아내에게 나는 아직도 고마움을 느낀다. 하지만 돈 없이 시작한 유학 생활보다 삶의 냉혹함을 보여주는 것이 또 있을까 싶기도 하다. 타국에서의 낯선 생활은 그 자체로 버겁다. 나는 거기에 하나를 더 더하는 선택을 한 것이다. 어떤 이들에겐 뜬금없는 이야기로 들리겠지만, 나는 처음부터 호주에 골프를 배우러 간 것이 아니었다. 나는 호주에서 컴퓨터 프로그래밍을 전공했다. 그러나 종국에는, 그 당시 내 상황에 있어서 말도 안 되는 프로 골퍼에 대한 도전을 시작하게 됐다.

누구나 인생에서 중요한 선택을 해야 할 때가
있다. 이때 좋은 선택을 하는 것 역시 중요한
일이지만, 어쩌면 그 선택으로 나중에 어떤
결과를 만들어 내는가가 더 중요한 일이 아닐까.

누군가가 보면 의아할 만한 당시 상황에 대해 이야기하자면 이렇다. 나는 원래 센트럴퀸즐랜드대학교Central Queensland University의 경영학 전공에 지원했다. 그러나 수강 신청을 위해 줄을 서 있는 와중에 갑자기 마음이 바뀌었고, 그렇게 급작스럽게 컴퓨터 프로그래밍을 전공하게 된 것이다. 그런데 그 순간의 선택이 결국 내가 호주에 더 오랫동안 머물 수 있는 발판이 됐다.

처음에는 안내받은 대로 경영학과 학생들이 수강 신청을 하는 줄에 서 있었는데, 옆에 있는 또 다른 줄을 보고 호기심이 생겼다. 그래서 그 줄의 한 학생에게 어떤 전공인지, 과정을 마치는 데 걸리는 기간은 어떻게 되는지 물어보았다. 그 학생은 친절하게 이 줄의 전공은 IT이고, 3년 과정이라고 알려주었다. 나는 순간적으로 4년 과정인 경영학과에 비해 1년이 짧다는 말에 큰 매력을 느꼈다. 깊어진 호기심으로 그 학생에게 조금 더 자세히 물어보았고, 전반적으로 컴퓨터와 관련한 과정이며 그래픽이나 프로그래밍 등을 배운다는 정보를 알게 됐다.

1년을 줄일 수 있다는 큰 장점이 있고, 컴퓨터 관련 공부를 해보는 것도 괜찮겠다는 생각이 들어서 나는 갑자기 줄을 바꾸어 서야겠다는 생각이 들었다. 학교 측과 먼저 상의를 해야 하겠지만 수강 신청을 놓치면 안 될 것 같아 일단 줄부터 바꾸어 수강 신청을 했다. 이런 경우가 흔한 일은 아니어서 학교 측이 조금 당황하긴 했지만, 다행히 전공을 바꿀 수 있도록 허락해 주었다.

수학 강사였던 나에게는 컴퓨터 프로그래밍이 어느 정도 잘 맞았고, 한국 대학에서 받은 학점을 일부 인정받아 결국 2년 반 만에 졸업을 앞둔 시점까지 비교적 순탄히 오게 됐다. 그런데 그때 지인들로부터 뜻밖의 소식을 들었다. 내가 전공한 컴퓨터 프로그래밍이 호주 정부의 부족 직업군 목록에 포함돼 졸업과 동시에 호주 영주권 신청이 가능해졌다는 것이었다. 나는 졸업 이후에도 호주에 남아 있을 수 있었다. 결론적으로 수강 신청을 하는 날 줄을 바꾼 순간의 선택으로 호주 영주권을 취득하게 된 것이다. 그때의 선택을 좀 더 감성적으로 바라보자면, 그것은 내가 호주에 좀 더 길게 머무르면서 프로 골퍼가 된 운명적 선택이었다.

나는 프로 골퍼가 되기 위해 골프를 시작했다. 하지만 골프를 시작할 때 실패에 대한 대비가 전혀 없었다. 그때는 어쭙잖게도 대충 5년 정도면 프로 골퍼가 될 수 있지 않을까 생각했다. 하지만 그것은 말도 되지 않을 정도로 부족한 시간이었다. 가족의 생활은 넉넉하지 않았다. 나어린 아내는 힘들게 아이들을 돌보고 있었다. 그런 와중에 프로 골퍼가 되겠다며 골프 치러 다니는 나를 사람들이 좋은 시선으로 볼리 없었다. 시간이 지날수록 절망감도 점점 더 깊어졌지만, 그때 나에게는 프로 골퍼가 되는 것 외에 다른 길은 없었다.

처음 생각했던 5년이 지난 뒤, 또다시 5년이 흐르고 나서야 결국 나는 호주 PGA 정회원이 됐다. 만약 내가 프로 골퍼가 되기 전에 그 노력을 멈추었다면 어떻게 됐을까? 그랬다면 아내와 나를 아는 사람들, 그리고 그 누구보다도 나 스스로에게 '나'라는 인물은 허황된 꿈을 좇다가 인생에서 가장 중요할지 모를 30대 시절을 허비한 사람으로 기억되었을 것이다.

아내는 전형적인 모범생으로 학창 시절까지 부모님과 함께 지내다가 비교적 어린 나이에 나와 결혼했다. 그리고 남편의 결심을 따라 호주로 떠나 왔고, 그곳에서 세 아이의 엄마가 됐다. 물론 아내 스스로의 결심과 결정이 작용한 것이지만, 나의 시선으로 바라본다면, 아내는 자기 자신을 위해 어떤 큰 결정을 한 적이 없었던 것 같기도 하다. 남편이 한 대부분의 결정을 당연하게 받아들이며 조금은 수동적인 인생을 살아온 것은 아닌가 싶어 지금도 미안한 마음이 크다.

지금 아내는 남편인 나에게 골프를 배우며 함께 유튜브 채널을 운영하고 있다. 내 기준에서 아내는 인내심 있고 성실한 학생이자 골퍼다. 하지만 스스로 선택하고 판단하는 데에 다소간 어려움을 느끼면서 때때로 실력이 정체되는 느낌을 받을 때도 있다. 골프 경기에서 우리는 정말 다양한 상황과 마주하게 된다. 이럴 때 가장 중요한 것은 창조적인 생각과 결단, 그리고 자신의 결정에 대한 강한 확신이다. 아내의 결단과 확신을 위해 조금이라도 도움이 될 수 있다면 나는 기꺼이 돕고 싶은 마음뿐이다.

지금까지의 이야기를 되돌아보니, 나라는 사람이 옳고 좋은 선택만 해왔다는 이야기 같아 조금 낯부끄럽다. 선택은 인생을 살아가는 데 있어서 끊임없이 이어지고, 당연히 그런 와중에 그르고 나쁜 선택도 수없이 많이 해왔다. 곰곰이 생각해 보면 나는 매일 나쁜 선택을 반복하고 있는 사람 같기도 하다.

특히 나는 골퍼로서도 수없이 많은 나쁜 선택을 해왔다. 그런 일화 하나를 소개하자면 이렇다. 나는 어느 호주 프로암 경기에서 2라운드 마지막 세 홀을 남기고 선두 경쟁을 하고 있었다. 파5 홀 세컨드 샷이 그린까지 200미터 정도 남아 있는 상황이었고, 티샷을 한 공은 러프에 빠져 있었다. 그린 앞과 우측은 페널티 구역, 좌측은 OB 구역이었다. 선두를 따라잡기 위해 나는 위험을 감수하는 모험을 선택했다. 온 신경을 집중한 세컨드 샷은 안타깝게도 우측 페널티 구역에 떨어졌다. 엎친 데 덮친 격으로, 당황한 나는 벌타를 받고 드롭한 공을 또다시 패널티 구역에 빠트리고 말았다. 그렇게 순식간에 선두 경쟁에서 멀어졌다.

어느 정도 시간이 흐른 뒤에도 나는 그 장면을 떠올리며 그때의 선택에 대해 후회하고 자책했다. 그때 보다 안전한 방법을 선택했다면 그런 터무니없는 결과가 나오지 않았을 텐데, 내 자신이 너무 무모했다고 생각했다. 하지만 지금 다시 생각해 보면, 그때 내 선택에는 문제가 없었다. 만약 그때 내가 세컨드 샷을 그린에 올려 좋은 결과를 만들어냈다면 그보다 좋은 선택은 없는 것이었다. 안전하게 끊어 가는 방법을 선택했다 하더라도 그것이 꼭 더 나은 결과로 연결되리라는 보장도 없었다.

골프에 관심이 없는 사람이라도 이름만큼은 알고 있는 세계적인 골프 선수 타이거 우즈Tiger Woods는 우리에게 영감을 주는 수많은 명언을 남겼다. 나는 그의 명언 중 이 말을 가장 좋아한다.

"내일의 가장 좋은 점은 오늘보다 더 나은 내가 될 거라는 것. 차질은 없다. 오늘 배운 교훈을 내일 적용하고 더 나아질 것이다."

나는 우즈의 이 멋진 명언을 이렇게 바꿔보고 싶다. "내일의 가장 좋은 점은 오늘 한 선택으로 더 나은 내가 되리라는 것. 오늘 한 선택이 나쁜 것이어도 그것에서 배운 교훈을 통해 더 나아진 내가 내일 기다리고 있다."

우리는 골프가 아닌 다른 여러 스포츠에서도 비슷한 장면을 목격하곤 한다. 한국시리즈나 월드시리즈 같은 엄청나게 중요한 야구 경기에서 패배한 감독은 투수 교체나 대타 기용 타이밍에 관해 쏟아지는 비판을 피해 갈 수 없다. 월드컵이나 아시안컵 같은 국가 대항 메이저 대회, 아니 매주 열리는 프로리그의 한 경기 한 경기에서도 마찬가지다. 패배한 팀의 감독은 수많은 비판과 비난을 피하기 힘들다. 그러나 그 감독이 같은 경기 운영 방식으로 팀의 승리를 가져왔다면 어땠을까. 이미 결과가 나온 다음에 그 과정을 비판하는 것은 누구에게나 어렵지 않은 일이다.

나는 언제나 선택이라는 것이 인생에 있어서 피할 수 없는 과정임을 받아들이고 이후에 이어질 또 다른 선택에 대비하는 사람이고 싶다. 지금의 나는 어떤 선택이 어떤 결과를 가져오더라도 기쁘게 그 과정을 즐기려 노력하고 있다. 그 선택이 나를 몹시 깊은 구렁텅이로 몰더라도 그 뒤에 구렁에서 잘 빠져나올 수 있는 선택을 하면 그만이기에.

어쩌면 실패는 존재하지 않는 것인지 모른다.
우리가 실패라고 인식하는 순간은,
목표를 이루기 전의 어느 단계일 뿐인 것이다.
성공에 이르기 전에 '포기'한 것을 사람들이
실패라고 부르는 것인지도 모른다.

PART 2

시련의 시작에는
자만이 있다

불공평하다고 생각했던 내 삶에서 희미한 빛을 보기 시작하기까지 나는 수많은 고개를 넘었다고 스스로 생각해 왔다. 어린 시절 불우한 가정환경에서 시작해 노량진 재수생을 거쳐 동국대학교에 입학하기까지. 다시 한국에서 수학 강사를 하다가 호주로 넘어가 프로 골퍼가 되기까지. 나는 인생을 살아가면서 매 순간 고개를 넘는 사람이었다. 단 한 번도 무언가가 '수월하게 풀린다'든지 '내 인생이 이제야 빛을 보는구나'라고 속 시원히 생각해 보거나 느껴본 적이 거의 없다.

　　어린 시절의 나에게는 항상 그런 생각이 머릿속 한 자리를 차지하고 있었던 것 같다. 이 고달픈 고개를 넘으면 반드시 합당한 보상이 따라올 것이라는 생각. 언젠가는 로또에 당첨되는 사람들처럼 내 인생도 수월하게 풀리는 순간이 찾아올 것이라는, 어쩌면 허황될지 모르는 이런 기대를 홀로 품으면서 이를 악물 수 있었다. 그 고개를 넘으면 넓고 평온한 평야

가 기다리는 것이 아니라 더 거대한 산이 기다리고 있을지도 모른다는, 혹은 그 고개 너머에는 그 무엇도 그 누구도 나를 기다리고 있지 않을 수 있다는 가정은 하지 못한 채 말이다.

마치 이미 결승선을 통과한 단거리달리기 선수처럼 나는 짧은 거리를 달리며 모든 에너지를 다 쏟아버린 사람 같았다. 인생은 단거리 경주가 아니라는 것을 알면서도 어느 순간의 나는 인생의 순리를 깨달은 사람처럼 세상을 바라보았던 것 같기도 하다. 그런 식으로 내 인생에 어느 정도 빛이 보인다고 착각할 즈음에는 내가 넘어왔던 고개들을 까마득히 잊고 있었다. 그러다 다시금 감당할 수 없을 만큼 커다란 산을 맞닥뜨려야 했다. 그 산은 다름 아닌 '자만'이라는 산이었다. 자만은 내가 힘겹게 넘어온 언덕들을 포함한 내 모든 것을 수포로 만들어버릴지 모를 흉폭한 마음 자세였다.

실수를 하지 않는 삶보다 실수를 한 삶이 좀 더 영예로운 것이라고 생각했다. 그러나 자만은 다른 것이었다. 실수로 치부하기에 자만은 나 자신을 더없이 부끄럽게 만들었다.

그렇기에 나는 그 부끄러운 자만의 날들에 대해 잠시나마 돌아보고자 한다. 혹시라도 누군가가 그때의 나와 비슷한 마음을 가지고 있다면, 이 글을 통해 조금이나마 자신을 돌아볼 수 있는 계기가 되기를 간곡히 바라는 마음에서 말이다.

호주 생활은 고난의 연속이었다. 하지만 그런 와중에 운이 따르는 날들도 있었다. 호주에서 대학 공부를 낙제 없이 마치며 비교적 빠른 시간에 영주권을 취득하기도 했고, 회원 수가 천여 명에 이르는 브리즈번의 한 골프 클럽에서 챔피언이 되기도 했다. 그럴 때면 인생은 늘 고된 것만은 아니구나, 나도 이제 수월한 삶을 살 수 있겠구나 하는 생각이 들기도 했고, 이 정도면 괜찮은 삶 아닌가 하는 만족감에 취하기도 했다.

괴테의 말처럼, 불운이나 불행의 원인을 찬찬히 살펴보면, 대개의 경우 그 책임은 나 자신에게 있었다. 그렇기에 그것을 깨닫고 사람들 앞에서 자신의 과오를 인정할 수 있다면 인생의 달인이 될 수 있을 것이었다.

하지만 나는 더 많은 일을 겪고 더 많은 것을 잃고 난 뒤에야 아주 조금 깨달았을 뿐이다.

클럽 챔피언이 된 이후 호주에서의 내 인생은 성공 가도에 올라섰다고 생각했다. 어쩌겠는가. 한 번도 수월한 적 없는 삶을 산 자의 손에 들어온 보석이 영원하리라고 여기는 것은 어쩌면 당연한 일이었는지도 모른다. 그리하여 그때 내 바보 같은 뱃속에서는 자만심이 싹트기 시작했다. 그리고 그것은 결국 화를 불러오고야 말았다. 자만은 소리 없이 나를 움직이게 하는 절박함이라는 원동력을 완벽히 상실하게 만들었다. 배터리가 나간 로봇이 어떤 기능을 할 수 있겠는가.

그날은 호주에서 골프를 시작한 뒤 7년 정도 흘렀을 즈음이었고, 프로가 되기 위한 첫 번째 관문에 도전하는 날이었다. 그때쯤에는 내가 인생에서 계획했던 대부분의 일이 어느 정도 이루어졌다 여기고 있었고, 골프에 대한 자신감 역시 무척 컸기 때문에 내 안에는 내가 이번 도전에 성공하리라는 막연한 믿음이 자리하고 있었다. 그러나 결과는 그렇지 못했다. 돌이켜 보면, 나는 기술적인 부분이 아닌 마음가짐과 태도에서 이미 낙제점이었다.

이 글을 읽고 있는 골퍼분들은 모두 공감하실 것이다. 골프에서 무엇보다 중요한 덕목은 마음가짐이라는 것을. 골프를 인생의 축소판이라고 이야기하는 핵심적 이유는 이 마음가짐 때문일 것이다. 그날 나는 스스로가 파놓은 깊은 웅덩이에서 허우적댈 수밖에 없었다.

호주에서 PGA 프로가 되는 길은 크게 두 가지다. 첫 번째는 Q스쿨인데, 이 테스트를 통과하면 투어 출전을 위한 우선권(카테고리)을 획득한다. 하지만 해당 시즌 최종 결과에서 정해진 상금 순위 안에 들지 못하면 PGA 회원 자격을 잃게 된다. 하지만 이 과정을 통해 프로가 되면 골프 레슨 자격이 없어서 투어에서 벌어들이는 상금만으로 생활을 해야 한다. 상금이 그리 많지 않은 호주 PGA에서 투어 상금만으로 생활이 가능한 프로는 대략 5퍼센트, 범박하게 범위를 넓혀보아도 10퍼센트를 채 넘지 못한다.

두 번째는 3년 과정인 PGA 트레이니십traineeship이다. 이 과정을 무사히 마치면 투어에서는 낮은 단계의 우선권(카테고리)을 갖게 되지만, 평생 PGA 회원 자격을 유지할 수 있고 골프 레슨으로 수입을 올리면서 투어 참여가 가능하다. 또 투어 성적이 좋으면 더 많은 출전 기회를 보장받을 수(카테고리를 높일 수) 있다. 나는 나에게 더 적합해 보였던 PGA 트레이니십에 도전했다. 이 과정을 통해 호주 PGA 프로가 되려면 테스트 라운드와 서류 심사, 면접 심사를 통과해야 했다.

서류 심사를 통과하고 테스트 라운드를 잘 마쳤지만, 나는 면접 날 어처구니없는 실수를 저지르고 말았다. 호주 골드코스트Gold Coast의 호프 아일랜드 골프 코스Hope Island Golf Course의 근사한 클럽하우스에서 면접이 진행됐는데, 나는 청바지에 정장 재킷을 걸치고 그곳을 찾았다. 면접 장소에 도착해보니 깔끔한 정장 차림에 넥타이까지 갖춰 맨 지원자 한 명이 대기석에 정자세로 앉아 있었다. 그때부터 조금씩 불안한 마음이 들기 시작했다.

　얼마간 시간이 흐른 뒤 면접을 마친 다른 지원자가 나왔고 곧바로 앉아 있던 그 지원자가 면접실로 들어갔다. 이때 희미했던 나의 불안은 확신으로 변했다. 방금 면접장을 떠난 지원자 역시 격식을 갖추어 정장을 차려입고 있었다. 심지어 그의 번듯한 구두는 영롱한 빛까지 반사하고 있었다.

　나는 자신감이 아닌 자만심 그득한 마음으로 면접을 불성실하게 준비했던 것이다. 면접을 위한 안내문조차 꼼꼼하게 살펴보지 않으면서 말이다. 마음속 불안은 점점 더 부풀어 올랐고, 그런 상태로 면접실로 들어갈 수밖에 없었다. 표정이 일그러진 한 면접관으로부터 복장에 대한 강한 질타를 받은 나는 당연하게도 면접에서 떨어졌다.

　30대 중반까지 내 삶의 과정에는 여러 어려움과 위기가 있었지만, 결국에는 내가 원하는 대로 일이 잘 풀려왔다고 생각했다. 그러다 보니 스스로의 능력을 과신하기 시작했고, 그것이 내 안에서 커다란 자만심으로 부풀었던 것이다. 겸손

하고 절실한 마음으로 그날의 면접을 준비했다면 결과는 분명 달랐을 것이라고 후회하고 또 후회했다.

단지 자만이라는 마음가짐 하나로 나는 인생의 중대한 기회를 한 번 놓치고 말았다. 그렇게 삶이 다시금 조금씩 궁지로 몰리기 시작했다. 이 PGA 트레이니십에서 떨어질 수도 있다는 가정은 내 머릿속에 없었고, 그렇기에 떨어진 뒤에 대한 계산이 전혀 그려져 있지 않았다. 자만심이라는 굴레에 갇혀 있던 나는 가벼운 마음으로 탄탄대로만을 상정했던 것이다. 그렇기에 더 아래로, 아래로 가라앉을 수밖에 없었다. 세상 사람들이 흔히 이야기하는 것처럼 꼴좋게 무너진 것이었다.

나는 다시 절박해질 수밖에 없었다. 당장 먹여 살려야 하는 가족이 있기에, 어떻게든 다시 일어설 준비를 해야 했다. 트레이니십에서 떨어질 것에 대비하지 않았던 터라 먹고살 길이 막막했다. 탈락 이후 나는 서둘러 다른 길을 모색했고, 공인중개사 자격 시험을 준비했다. 호주의 공인중개사 자격증은 한국만큼 취득하기 어렵지 않았다. 나는 일정 기간의

불운이나 불행의 원인을 찬찬히 살펴보면,
대개의 경우 그 책임은 나 자신에게 있었다.
그렇기에 그것을 깨닫고 사람들 앞에서
자신의 과오를 인정할 수 있다면
인생의 달인이 될 수 있을 것이었다.

교육과정을 무사히 수료해 자격증을 받을 수 있었고, 이내 작은 부동산 중개소를 개업했다. 골프를 연습하며 동시에 돈도 벌어야 했던 나에게 매우 알맞은 직업 같았다. 하지만 부족한 경험과 안일한 생각으로 시작한 사업이 나를 더 깊은 바닥으로 가라앉게 할 줄은 전혀 예상할 수 없었다.

시련은 내 안의 자만심을 비추어주는 거울일지도 모른다.

부동산 중개소를 개업한 지 얼마 되지 않아 미국에서 서브프라임모기지subprime mortgage 사태가 터졌고, 그 여파로 인해 세계 금융위기가 시작됐다. 부동산 거래는 거의 없다시피 했고, 3년 임대로 계약한 사무실에 나 대신 들어올 세입자를 갑자기 구할 수도 없었다. 이러지도 저러지도 못하는 상황에서 임대료만 나가는 꼴이 됐다.

그렇게 1년 정도의 시간이 허망하게 흘렀고, 나는 처참하게 무너졌다. 주변 사람들이 개인파산 신청을 하라고 권유하기도 했다. 당시 나는 수개월 밀린 사무실 임대료와 카드값 때문에 더 이상 버티기 어려운 상황이었다.

무엇보다도 가족에게 미안했다. 나 자신이 무능해 보였다. 우리 가족과 관계가 있는 주변의 모든 사람 중 내가 가장 못난 남편, 가장 못난 아빠로 여겨졌다. 너무나도 힘든 시기였지만, 지금의 나는 이때를 내 인생에서 가장 중요한 전환점 중 하나로 생각한다.

나는 겸손이 결여되고 자만심으로 가득했던 자신을 수없이 직시할 수 있었다. 아주 어린 시절까지 거슬러 올라가 나라는 사람에 대해 다시 생각해 보는 시간을 가질 수 있기도 했다. 그러면서 나를 다시금 단단히 세우는 연습을 했다. 나는 더 이상 자만할 수 없었다.

⛳

나는 어떤 사람이었을까. 어쩌다가 나는 지금의 내가 되었을까.

이런 질문을 거슬러 나의 생각은 2003년에 도착해 있었다. 2003년 개봉한 애니메이션 영화 「신밧드: 7대양의 전설」

의 주인공은 육지의 안정된 삶에 매력을 느끼지 못하고 계속해서 미지의 바다를 향해 모험을 떠난다. 나는 20년 전 이 영화를 보면서 철없던 중학생 시절 친구들과 조악한 배 한 척을 만들었던 바로 그 장면을 자연스럽게 떠올렸었다.

지금 생각해 보면 참 위험천만한 도전이었는데, 그때 나는 친구들과 함께 항해에 나서려 했었다. 물론 항해는 바다를 건너야 하는 일이었지만, 내륙의 시골뜨기였던 우리는 바다 대신 금호강을 선택했다. 두 명의 친구와 함께 당시 식당에서 흔히 볼 수 있었던 직사각형의 기름통 두 개와 길쭉한 나무판을 구해 뗏목보다도 엉성한 배 한 척을 만들었다. 비쩍 마른 중학생 셋이 촘촘히 겨우 앉을 정도의 크기였던 이 배를 우리는 고민 끝에 '승리호'라 이름 붙였다. 셋 모두 승리호의 맨 앞자리를 차지하길 원했고, 우리는 가위바위보로 순서를 정하기로 했다. 운 좋게도 가위바위보의 승자는 나였다. 승리호의 맨 앞자리에 앉아 거대한 해적선의 선장이라도 된 양 의기양양 들떴던 기분, 짧은 순간이었지만 그때 그 기분이 지금도 생생하게 느껴진다.

금호강은 내가 살던 경산 시골에서 대구로 흐르는 강이었다. 중학생들에겐 꽤나 무거웠던 승리호를 들고 꾸역꾸역 강가로 간 우리는 어떻게 돌아올지 고민도 하지 않은 채 대구까지 가기로 결정했다. 우리는 금호강 기슭에 승리호를 세워 두고 정해진 순서대로 앉았다. 앉은 채로 쪼그려 걷기를 하며 천천히 강의 중심으로 나아갔다. 우리는 곧바로 승리호가 잔물결 위로 미끄러지듯 둥둥실 떠오르길 고대하고 있었다. 그러나 기대와 달리 승리호는 잠수하듯 물 밑으로 들어가 강바닥을 긁으며 뿌옇게 흙탕물만 일으켰다. 한 명의 무게도 견딜 수 없는 부력이었던 것이다. 그렇게 우리의 계획은 우리를 비웃듯이 수포로 돌아갔다. 얼마간 시간이 흐른 뒤 재도전을 했었는데, 승리호 양옆에 날개 모양으로 기름통 두 개를 더 달았더니 한 사람이 겨우 탈 만한 뗏목이 완성되긴 했었다.

어릴 적 부산에서 살았던 기억 때문인지 나는 바다가 늘 좋았다. 아득히 먼 수평선을 한참 바라보고 있으면 막힌 가슴이 뻥 뚫리는 듯한 느낌을 받곤 했다. 줄곧 바다를 좋아하고 수평선에 대한 막연한 동경을 품고 있어서였을까? 나는 어릴 때부터 호기심이 많았다. 그리고 여러 궁금증을 해결하기 위해 어쩌면 어이없을지도 모를 도전들을 해왔던 것 같다. 바다를 동경하고 좋아했지만, 나는 원양어선을 타고 광활한 대양으로 나가 커다란 다랑어를 쫓을 만큼 강인한 사람은 아니었다. 돌이켜 보면, 나에게 바다는 '호주'였고 '필리핀'이었다.

어린 시절에도 내 삶은 그리 순탄하지 않았다. 심지어는 죽을 뻔한 경험들도 기억에 남아 있다. 그러나 그 시절의 내가 지금의 나에게 다시금 알려주는 삶의 경험과 지혜도 분명 있다. 어느 날 다니던 교회 사람들과 어울려 포항의 한 해변으로 나들이 갔을 때의 일이다. 해수욕장에 도착하자마자 멀지 않은 바다 한가운데서 느긋하게 파도를 맞고 있는 바위 하나가 눈에 들어왔다. 해변에서 20~30미터 정도의 거리로 보였다. 나는 셔츠를 벗어 던지고 보란 듯이 그 바위를 향해 헤엄치기 시작했다.

바위에 다다랐을 무렵 예상치 못한 상황에 봉착하고 말았다. 제법 큰 바위의 주변 바닷속에는 겉으로 드러나지 않은 거칠고 날카로운 부분이 많았던 것이다. 정상적인 수영 동작으로는 버티기 힘들었고, 당황한 나는 어찌할 바를 모른 채 허우적거리기 시작했다. 그런 와중에도 바위 위로 올라가려는 시도는 멈추지 않았다.

상당히 미끄러웠던 바위는 나를 쉽게 허락하지 않았고, 거세진 파도 또한 바위에 올라가려는 나를 계속해서 가로막았다. 손가락 끝으로 간신히 바위의 움푹한 부분을 잡으면 파도는 가차 없이 나를 때렸고, 나는 다시금 바다로 내동댕이쳐지길 반복했다. 바위로 올라가려는 나와 그것을 방해하는 파도 사이의 싸움이 끈질기게 이어졌고, 내 체력은 거의 다 고갈되고 있었다. 그때 누군가가 나를 도와주러 오지 않았다면 나는 어떻게 됐을까?

마지막이라는 심정으로 한 번 더 바위를 붙잡았을 때 누군가가 뒤에서 내 엉덩이를 힘껏 밀었다. 나를 밀어준 사람은 나들이에 함께하지 못했다가 개인 일정이 취소돼 뒤늦게 합류한 형이었는데, 그날 그 형의 일정이 취소되지 않았다면, 그 시간에 그 형이 해변에 도착하지 않았다면 나는 도대

시련은 내 안의 자만심을 비추어주는
거울일지도 모른다.

체 어떻게 되었을지, 다시 생각해 봐도 아찔하기만 하다. 나는 그 힘에 의지해 조금 더 높은 곳까지 올라갔고 더 이상 파도에 휩쓸리지 않을 수 있었다. 나를 구해준 뒤 그 형도 잠시 파도에 휩쓸리는 것처럼 보였다. 하지만 형은 나처럼 바위 위로 올라오지 않고 해변으로 재빨리 헤엄쳐 돌아갔다. 나도 그 형처럼 체력이 조금이라도 남아 있을 때 바위로 올라가는 것을 포기하고 얼른 다시 헤엄쳐 돌아갔어야 했는데, 어리석게도 나는 그러지 못했다.

이제 살았다는 생각으로 정신이 번쩍 들었다. 그제야 내 몸 곳곳에 난 상처가 보이기 시작했다. 특히 아랫배 쪽에서 많은 피가 흐르고 있었다. 날카로운 바위에 긁히면서 여러 군데 상처가 났지만, 절박한 상황에서 그것을 느낄 겨를도 없었던 것이다. 만약 그 시간에 그 형이 그곳에 없었다면 과연 나는 어떻게 되었을까? 어리석은 자만심이 그때의 나에게 너무나 혹독한 대가를 요구하지는 않았을까?

나는 무모하더라도 한 번 더 버텨보기로 했다. 부동산 중개업으로 무너졌지만 개인파산을 신청하지 않았다. 대신 유학원 업무를 추가해 가까스로 버텼다. 다행히 얼마 지나지 않아 사무실의 절반을 한의원으로 재임대를 내줄 수 있었다. 포기하지 않고 어떻게든 버티자 상황은 아주 조금씩 나아지기 시작했다. 드라마틱한 변화는 없었지만 매달 조금씩 상황이 개선되었고, 어느덧 2년여의 시간이 흘러 사무실 임대 재계약을 고민해야 할 시점이 되었을 때는 사업이 어느 정도 안정화되어 있었다. 이제 그 수입만으로도 생활이 가능해졌던 것이다.

그렇게 시간이 흐르고 있던 8월 초의 어느 날, 사느라 바빠 희미해져 있었던 꿈이 문득 머릿속에 떠올랐다. PGA 트레이니십에 다시 지원한다는 것을 까맣게 잊어버리고 있었던 것이다. 매해 호주 PGA 트레이니십 지원 신청 마감이 7월 말이었던 것으로 기억했던 나는 순간 허무한 기분이었다. 올해도 이렇게 지나가 버리는구나 생각했다. 사실 골프채를 손에

서 거의 놓다시피 했던 당시로서는 실력적으로도 준비가 안
돼 있었다.

아쉬운 마음이 컸지만 나도 모르게 호주 PGA 홈페이지를
검색해 들어갔다. 그런데 이게 웬일인가. 아직 지원 신청 페이
지가 열려 있는 것이 아닌가. 몇 달 만에 바지 뒷주머니에서
발견된 로또 용지가 이미 3~4등에라도 당첨돼 있었던 것처
럼 괜스레 마음이 들떴다. 8월 말 마감을 7월 말 마감으로 착
각했던 나 자신을 칭찬해 주고 싶기까지 했다. 원래 대략 1 정
도였던 나의 공식 핸디캡은 7까지 올라가 있었다. 핸디캡 3이
되면 호주 PGA 트레이니십 과정에 지원을 할 수 있지만, 테
스트 라운드와 면접에서 절반 이상 탈락하기 때문에 사실상
최종 합격자가 되려면 핸디캡이 거의 없는 수준을 만들어야
했다.

현실적으로 3~4주 만에 핸디캡을 3까지 내리는 건 어려
운 일이었다. 그래도 다시 도전해 보고 싶은 마음이 간절했
다. 당시 주말에나 겨우 골프를 치던 나는 다시금 프로 지망
생의 마음으로 연습에 매진했고, 이윽고 수요일과 토요일에

진행되는 아마추어 경기에 참여하기 시작했다. 운 좋게도 핸디캡은 빠르게 내려갔다. 8월 말 마지막 경기를 앞두고 내 핸디캡은 4가 되어 있었다. 소수점까지 계산하면 정확히 3.6이었다. 만약 마지막 경기에서 내가 3오버파를 기록한다면 내 핸디캡은 3.4가 되고, 그것을 반올림하면 핸디캡 3이 되는 상황이었다.

마지막 경기는 브리즈번의 옥슬리 골프 클럽Oxley Golf Club에서 진행됐다. 수요일 경기였고, 나는 지나치게 긴장하고 있었다. 지금 생각해 보면 그것은 일생일대의 긴장감이었다. 그날 동반자들은 내가 왜 그렇게까지 긴장했는지 알 수 없었을 것이다. 경기는 정말이지 아슬아슬하게 진행됐다. 나는 16번 홀까지 3오버파를 기록하고 있었다. 하지만 긴장감을 이겨내지 못하고 실수를 범해 17번 홀에서 보기를 기록했다. 마지막 18번 홀, 파4인 이 홀에서 반드시 버디를 잡아야만 하는 상황. 드라이버 티샷은 페어웨이 중앙으로 잘 보내졌고, 그린까지는 100미터 정도밖에 남지 않았다.

세컨드 샷을 위해 공 쪽으로 다가가는데 왠지 상황이 좋아

보이지 않았고, 불안한 마음이 들기 시작했다. 가까이 가보니 아뿔싸, 공이 디벗마크divot mark에 들어가 있었다. 디벗마크 안에서도 매우 좋지 않은 위치여서 샷을 하기가 쉽지 않았다. 피칭웨지를 선택한 나는 어떻게든 그린에만 올리자는 마음으로 세컨드 샷을 쳤고, 다행히 공은 그린 초입으로 올라갔다. 그러나 산 넘어 산, 홀컵은 공에서 10미터가량 떨어진 그린 뒤쪽에 있었고 훅 경사가 심한 위치여서 퍼트하기 아주 까다로운 상황이었다.

나는 퍼트가 한 번에 들어갈 가능성은 거의 없다고 느꼈다. 그래서 자포자기하는 심정으로 마음이 비워졌는지도 모르겠다. 대충 이쪽이다 싶은 라인으로 나는 퍼터를 휘둘렀고, 공은 슬로모션처럼 느리게 구르기 시작했다. 공이 굴러가는 모습을 보면서 '어쩌면⋯⋯'이란 단어가 떠올랐고, 훅 라이를 타고 왼쪽으로 흐르던 공이 기적처럼 홀컵으로 빨려 들어가는 장면을 목격했다.

그 순간을 지금도 잊을 수가 없다. 그때 그 퍼팅이 들어가지 않았더라면 지금의 프로 골퍼 조윤성은 세상에 존재하지 않을지도 모른다. 나는 그때 어떤 전율 같은 것을 느꼈다. 기독교 신자인 내가 잠시나마 하나님을 마주친 기분이었다. 그분이 '그동안 많이 힘들었지? 안심하거라. 이제 고난의 시간은 다 끝이 났단다'라고 말씀하시는 것 같았다.

多시금 지원 자격을 얻은 나는 호주 PGA 트레이니십 과정을 위한 두 번째 원서를 제출했다. 다양한 코스에서 여러 번 테스트 라운드를 마친 뒤 '두 번째' 면접일이 다가왔다. 나는 첫 번째 면접 때와는 전혀 다른 사람으로 변해 있었다. 이번에는 실로 뜨거운 절실함이 있었고 그만큼 최선을 다해 준비했다.

나이가 지긋한 한 면접관은 꽤나 늦은 나이에도 간절한 자세로 프로 골퍼에 도전하는 나에게 얼마간 감동받은 듯한 표정을 짓고 있었다. 테스트 라운드 스코어도 좋은 편이었기 때문에 도전자로서 충분한 자격이 있다고 나를 지지하고 응원해 주는 느낌이었다. 결국 내 이름은 그해 45명의 지원자 중 21명의 합격자 명단에 포함됐다.

하지만 호주 PGA 트레이니십은 결코 수월한 과정이 아니었다. 3년 동안 소속 골프 클럽에서 풀타임으로 일하면서 해마다 20라운드 이상의 경기에 참가해 정해진 기준 이상의 평균 스코어를 만들어야 했다. 게다가 '골프 코칭', '골프 클럽 테크놀로지', '골프 경영' 등의 과목으로 이루어진 학위 과정(Diploma Course / 한국의 전문대 과정에 준하는 학위 과정)도 통과해야 했다.

연습 시간을 충분히 확보할 수 없는 상황에서 기준 이상의 평균 스코어를 유지하기란 상당히 어려운 일이었다. 합격자 중 적지 않은 수의 추가 탈락자가 매해 생겨났다. 나는 이 3년 동안 그렇게 좋아하던 영화를 한 편도 보지 않았고, 가까운 친구들조차 거의 만나지 않았다. 모든 여가 활동을 포기한 채로 일하고 경기하고 공부하는 데에만 집중했다. 결국 나는 21명의 합격자 가운데 3년 만에 이 과정을 수료한 최종 8인의 명단에 들었고, 그렇게 프로 골퍼가 되었다.

나는 가끔 지나치게 내 삶에 집중하다가 주변 사람에게 관심을 놓아버리는 자신을 발견하며 반성할 때가 있다. 하지만 누구에게나 자신의 인생을 위해 많은 부분을 포기하고 치열하게 몰두해야 할 시기가 있다. 그 시기를 통해 인생의 방향이 획기적으로 전환될 수도 있겠지만, 그렇지 않더라도 그 시기는 언젠가 도래할 인생의 또 다른 터닝 포인트를 위한 중요한 밑거름이 될 거라 믿는다. 나 역시 그랬다. 그 시기를 겪지 않았다면 지금의 나는 존재하지 않았을 것이 분명하다.

자만은 저 멀리 태풍이 오는지도 모른 채, 순항한다고 믿고 있는 선장의 낮잠 같은 것이다. 자만하면 움직일 수가 없다. 자만은 감춰지지 않는다. 청바지에 재킷만 걸치고 면접장으로 터덜터덜 걸어갔던 그때의 나처럼. 인생은 노력을 들인 만큼, 혹은 필요 이상으로 노력을 기울여야만 아주 희미한 빛을 볼 수 있다고 나는 믿는다.

자만은 저 멀리 태풍이 오는지도 모른 채,
순항한다고 믿고 있는 선장의
낮잠 같은 것이다. 자만하면 움직일 수가 없다.
자만은 감춰지지 않는다.

PART 3

스윙도 인생도
홀로서기다

나는 어렸을 때부터 무던히도 혼자라는 생각에 얽매여 있었다. 여러 친척 집을 전전하면서 때론 고아 아닌 고아라는 생각이 들 때도 많았다. 혼자 온몸을 배배 꼬아가면서 이런 생각들을 하던 모습이 아직도 기억 속에 선명하다. 하지만 인생은 알 수 없다. 알 수 없어서 즐겁기도 하고 슬프기도 하다. 스스로 외톨이라고 생각하며 지내온 세월은 나를 더 단단하게 만들어주었다. 결국 인생은 스스로 걸어가야만 한다는 신념 같은 것이 생겨나기도 했다.

어렸을 적 나는 자존심이 무척 강한 아이였다. 노력하면 다른 아이들이 하는 만큼은 나도 할 수 있다고 스스로를 믿었다. 그랬기에 중학교를 졸업할 때까지 우등생이었다. 하지만 고등학생이 되면서부터 그동안 해왔던 벼락치기는 더 이상 통하지 않았다. 인생이 그렇게 쉽지 않다는 걸 몸으로 느낄 때쯤, 부모가 곁에 없는 나에게 사춘기가 찾아왔고, 많은 방황이 시작되었다. 그 시간이 나쁜 것만은 아니었다. 어른들의 간섭이 거의 없었던 나에게는 무엇이든 마음껏 상상하고 그것을 실행에 옮겨볼 수 있는 자유가 있었다. 이런 지점이 결국 나를 호주로, 그리고 '늦깎이 프로 골퍼'로 이끌었다고 생각한다.

인생은 어차피 홀로서기다. 외롭고 쓸쓸하겠지만 우리는 홀로 서야만 한다. 그래서 아마도 나에게 가장 큰 모험은 내가 나로서 살아가는 일일지 모른다. 이것은 비단 인생의 일부분에만 적용되는 것이 아니다. 나는 이 홀로서기 법칙을 골프에도 적용해 보고 싶다.

레슨을 받으러 오는 분들 중에 본인의 스윙이 괜찮은지 확인받고 싶어 하는 분들이 있다. 단순히 점검 차원에서 물어보는 경우도 있지만, 좋은 스윙을 가지고 있음에도 스스로 자신의 스윙을 신뢰하기 쉽지 않아서 나를 통해 확신을 얻고 싶어 하는 듯 보일 때도 많다. 나는 그분들께 충분히 좋은 스윙이라고 말하며 용기를 드리려 노력하지만, 시간이 지나면 다시 자신의 스윙에 대한 신뢰를 잃을까 봐 불안한 마음이 든다.

타인으로부터 듣는 칭찬이 자신감을 얻는 데 도움이 될 수는 있지만, 결국은 스스로 자신에 대한 신뢰를 지녀야 보다 지속적이고 건강한 자기 확신을 가질 수 있다. 여기서 자신감과 자존감에 대한 차이를 언급하고 싶다. 할 수 있다는 '자신감' 못지않게, 어떤 결과와 연결되지 못하더라도 스스로에 대한 믿음과 존중을 유지하도록 해주는 '자존감'이 강조되어야 한다고 나는 생각한다. 내가 어떤 선택을 하든, 어떤 결과가 나오든 그대로도 괜찮다고 스스로를 다독이는 힘. 나는 그것이 자존감이라고 믿는다. 골프를 포함한 모든 스포츠에서 항상 좋은 성적만 낼 수는 없는 법이다.

우리는 살면서 수많은 고난을 맞닥뜨린다. 그때마다 좌절하며 이리저리 흔들릴 수는 없는 노릇이다. 고난이 눈앞에 닥쳤을 때, 자존감을 어떻게 지켜낼지 궁리해야 한다. 그래야 또 다른 고난이 다가왔을 때 그것을 내 힘으로 다시금 이겨낼 수 있다.

단언컨대, 필요한 비거리와 방향성을 만들어낼 수 있고 또 그것을 반복할 수 있다면 스윙은 이상적인 모습과 조금 달라도 상관이 없다. 골퍼 각자가 지닌 성향이나 신체 조건이 다르기 때문에, 신뢰할 수 있는 골프스윙에 관한 정보들을 토대로 나만의 스윙을 만들어가는 것이 실력 향상을 위한 가장 올바른 길이라고 볼 수 있다.

나는 독특한 스윙으로 유명한 욘 람Jon Rahm이나 짐 퓨릭Jim Furyk, 버바 왓슨Bubba Watson 같은 선수들에게 배울 점이 많다고 생각한다. 얼마나 많은 사람이 그들의 스윙에 대해 비판하거나 지적했을까? 그럼에도 그들은 여전히 자신만의 스윙을 하고 있고, 또 그 스윙으로 많은 성과를 만들고 있다. 스윙은 결국 틀리거나 맞거나의 문제가 아닌, 각자의 선택과 스타일의 문제인 것이다.

이는 아이들에게도 적용된다. 우리의 인생은 매 순간이 선택의 기로다. 우리 아이들을 보면서도 나는 그런 면을 느낀다. 나에게는 세 아이가 있다. 첫째는 음대를 다니며 요리도 잘하는 감성적인 아들이다. 둘째는 똑 부러지고 야무진 딸인데, 공부를 잘해서 호주 퀸즐랜드대학교 법학과에 재학 중이다. 셋째는 부드럽고 느긋한 성격의 소유자로 아직 진로가 정해지지 않은 고등학생이다.

둘째 딸 하은이는 엄마와 거의 하루도 빠짐없이 대화를 나누며 그날 있었던 사소한 일까지도 시시콜콜 소통하고, 공부하는 방향이나 정해야 하는 대부분의 일을 상의한다. 심지어는 친구나 선생님한테 보내는 문자메시지 하나도 부모와 의논한 뒤 보내기도 한다. 부모와의 친밀도가 높은 점은 분명 긍정적이지만, 이런 점이 지나치다면 고민해 볼 필요가 있다. 실수하기 싫어하는 성향 때문에 그렇다고 볼 수도 있지만, 스스로의 의사 결정이나 판단을 충분히 믿지 못해서 그럴 수도 있을 것이다. 성장하면서 하은이는 자신이 가진 것보다 남이 가지고 있는 것을 더 좋다고 느끼는 경향이 많았다. 가족과 식당에 가서 주문 후 음식이 나오면 오빠의 음식이 자신의 것보다 맛있겠다고 후회를 하거나 오빠에게 조금 나눠 달라고 조르곤 했다.

골프 경기를 하거나 골프 연습을 하면서도 주변 사람들에게 지나치게 영향을 많이 받는 사람들이 있다. 이들의 공통점은 자기 확신이 부족하다는 점이다. 좋은 스윙을 가지고 있음에도 동반자의 스윙을 부러워하거나 프로의 스윙을 보며 자신의 자세를 자주 바꾼다. 나보다 실력이 좋은 사람들이 중요하다고 생각하는 세부 동작은 충분히 검토하지도 않고 따라 하는 데만 급급할 때가 많은 것이다. 좋아 보이는 남의 스윙을 분별없이 받아들이다 보면 나중에는 완전히 방향을 잃어버릴 가능성이 크다.

골프 라운드를 하는 동안, 자기 스윙에 관한 확신이 없으면 자신 있게 스윙을 하지 못하고, 당연하게도 이것은 좋지 못한 경기력으로 이어진다. 누군가는 좋은 스윙을 가지고 있음에도 자기 확신이 부족해서 혹은 제대로 된 스윙을 하지 못해서 좋은 결과를 만들지 못하고, 누군가는 조금 부족해 보이는 스윙을 가지고 있음에도 강한 자기 확신과 함께 자신감 있는 경기 운영으로 좋은 결과를 만들어낸다.

연장전을 치르는 선수들의 태도를 보면 시청자들은 아마도 누가 이길지 어느 정도 짐작할 수 있을 것이다. 골프에는 여러 가지 변수가 있기 때문에 언제나 그렇다고 말할 수는 없지만, 대체로 자기 확신과 자신감에 차 있는 선수가 이길 때가 많다. 반대로 무언가 불안해 보이면서 평소 자신의 스윙과 리듬으로 경기를 운영하지 못하는 선수는 결국 질 때가 많다.

하은이가 오빠의 음식이 더 맛있을 것이라고 느낄 때가 많았다는 것은 결국 자기 확신이 부족할 때가 많았다는 방증일 것이다. 내가 맛있을 것이라 판단해서 주문했으면 나의 판단을 믿어야 한다. 다른 사람이 내가 주문한 음식을 어떻게 평가하는가는 중요한 것이 아니다. 내가 주문한 음식이 나의 입맛에 맞을 때 그 음식은 최고의 선택이 되는 것이다.

모두의 입맛에 차이가 있듯이, 살아온 인생의 길도 각자 다르다. 내가 만족하며 행복하다 느낄 수 있다면 나는 성공적인 인생을 살고 있는 것이다. 여기에 다른 사람의 평가가 중요한 잣대가 돼서는 안 된다. 내가 틀렸거나 잘못된 선택을 한들, 언제든 그것을 다시 좋은 방향으로, 더 좋은 쪽으로 돌릴 수 있는 힘이 본인에게 있다고 믿어야 한다. 그리고 그 힘을 길러야한다. 그 힘은 아마도 많이 실패한 쪽이 그렇지 못한 쪽보다 더 셀 것이다.

아일랜드의 문호 조지 버나드 쇼George Bernard Shaw는 이런 말을 남겼다.

"나는 젊었을 때 열 번 시도하면 아홉 번 실패했다. 그래서 열 번씩 시도했다."

나는 무언가를 시도하고 실패할 때마다 이 말을 떠올리곤 한다. 물론 이 말이 그저 남의 방식을 따라가지 말라는 뜻은 아닐 것이다. 또한 배움이 필요 없다는 뜻으로 해석돼서도 안 될 것이다. 좋은 조언에는 늘 귀 기울여야 하고 단점에 대한 비판도 늘 열린 마음으로 수용해야 한다. 그래야만 변화하고 발전할 수 있다. 다만 나만의 방향과 기준을 너무 남에게 의존해서는 안 된다. 결국 내 인생의 주체는 나 자신이어야 한다.

골프를 배울 때도 마찬가지다. 기본에 충실한 좋은 동작과

원리를 겸허히 받아들여야 지속적인 발전을 꾀할 수 있지만, 그렇다고 나만의 기준과 방향을 잃고 남에게 의존만 해서는 발전할 수 없다. 나의 골프스윙을 변화시키고 발전시키는 주체는 나 자신이어야 하는 것이다.

혁신적인 기술로 사업에 성공하고 사회에 기여하는 사람들, 새로운 메뉴를 개발해 요식업계에서 성공하는 사람들. 셀 수 없이 많은 범주에서 새로운 아이디어로 선구자적인 역할을 하는 사람들은 타인의 생각이나 일반적 상식에 자신을 가두지 않고 자신만의 창조적인 생각을 강한 자기 확신이라는 매개를 통해 현실에 적용한 사람들이다.

⛳

나는 어릴 때부터 자율성이 허용되는 환경 속에서 스스로 많은 판단을 하며 자랐다. 하지만 이것은 개방적 부모의 교육 방침이나 선진형 학교교육의 수혜로 이루어진 것이 아니다. 그때 내가 처한 상황 때문에 어쩔 수 없이 그래야만 했다. 초등학교 6학년 때부터 고등학교를 졸업할 때까지 나를 돌보아

주신 할아버지와 할머니는 건강에 대한 부분 말고는 특별히 내 삶에 관여하지 않았다. 끼니때마다 쉴 새 없이 떠먹여 주시는 할머니의 숟가락은 조금 힘들긴 했다.

나는 내 학교 성적표를 누군가에게 보여준 기억이 없다. 공부를 하든 안 하든 그것은 나의 선택이었고, 고등학교와 대학교 진학은 물론 그 이후 맞닥뜨린 여러 갈림길에서의 선택 또한 나의 몫이었다. 그래서 나는 선택과 결정에 있어서 빠르고 과감한 사람이었다고 생각되기도 하지만, 동시에 무척이나 미숙하고 무모한 사람이었다고도 생각된다. 가끔 어리석은 판단으로 힘든 시간을 보낼 때마다 곁에 의지할 사람이 있었으면 하는 생각도 했었다. 그러나 결국 인생은 홀로서기다. 그 홀로서기가 비단 쓸쓸한 일만은 아니라는 것을 나보다 더 긴 인생을 산 어르신들은 분명 아실 것이다. 홀로서기의 가치란 곧 나의 경험으로 만들어낸 값진 과정이었다는 사실을.

인생은 어차피 홀로서기다.
외롭고 쓸쓸하겠지만 우리는 홀로 서야만 한다.
그래서 아마도 나에게 가장 큰 모험은
내가 나로서 살아가는 일일지 모른다.

PART 4

인생은 어차피
모험이다

호주 브리즈번 시내에 있는 카지노 거리에 나는 서 있었다. 내 손에는 카지노에 들어가기 전 가로수 사이에 숨겨놓았던 소보로빵이 들려 있었고, 아내는 그 옆에서 흐느껴 울고 있었다. 생기 도는 화려한 브리즈번 시내 한복판에서 나는 울고 있는 아내를 옆에 세워두고 빵을 씹기 시작했다. 도대체 나에게 무슨 일이 벌어진 것일까?

내가 세상에서 가장 사랑하는 사람을 한 명만 꼽으라면 나는 지체 없이 아내라고 대답할 것이다. 대학을 졸업한 뒤 수학학원 강사로 일하며 생활고를 조금씩 해결해 나가던 시절 아내를 만나 결혼했다. 순한 눈매에 선함이 가득 깃들어 있는 사람, 아내는 그런 사람이었다. 결혼 후 반년 정도가 흘렀을까. 이렇다 할 재산도 없고 수입 역시 변변찮았던 나는 뭔가 다른 결심이 필요하다는 생각이 들었다. 그 결심은 한국을 떠나는 것이었다.

나는 유학 생활을 위한 재정적 준비도, 충분한 정보도 마련돼 있지 않았지만, 어렴풋이 보이는 더 나은 인생을 꿈꾸며 더 넓은 세상을 향해 나아가는 도전을 선택하기로 한 것이다. 무식한 자가 겁도 없다고, 단순히 그런 생각만으로 나는 다른 세계로 나아갈 준비를 시작했다. 방법은 단순했다. 일단 지도를 먼저 펼쳤다. 어디로 떠나야 할지 세계지도를 펼쳐놓고 고민하던 나는 아내에게 친척이나 지인 중 해외에 있는 사람이 있는지 물었다. 아내는 작은아버지가 오스트리아에서 살고 있다는 얘기를 어렴풋이 들은 적 있다고 했다.

오스트리아? 모차르트와 클림트와 시나몬 빵의 나라! 생전 한번 뵌 적 없는 아내의 작은아버지가 이유 없이 든든한 백그라운드가 되어주셨고, 나는 신나게 유럽으로 떠날 준비를 시작했다. 준비를 하던 중 아내가 작은아버지와 전화 통화를 하게 됐는데, 그곳이 오스트리아가 아닌 오스트레일리아, 즉 호주인 것을 그날 알게 됐다.

오스트리아건 오스트레일리아건 나에게 낯설기는 매한가지였다. 작은아버지의 도움으로 호주에서의 유학 생활을 비교적 순조롭게 시작했다. 하지만 경제적으로 준비되지 않은 상태로 시작한 유학 생활이 만만할 리가 없었다. 아내와 나는 식당에서 일하며 검소한 생활을 이어나갔지만 유학 비용을 감당하기에는 역부족이었고, 결국 1년 만에 가지고 있던 돈이 거의 다 사라지고 말았다.

그 시절 내 행복의 기준은 전혀 높지 않았다. 오히려 너무 낮지 않았나 싶다. 그래서 작은 것에도 감사하며 지냈다. 호주의 청명한 날씨에도 나는 충분히 감사함을 느끼며 지냈다. 브리즈번의 여름은 한국보다 기온이 조금 더 높았지만 습도가 그리 높지 않아 그늘에 있으면 견딜 만했다. 겨울은 한국만큼 춥지 않아 눈이 내리는 모습을 볼 수 없었다. 추위를 많이 타는 나는 이런 날씨가 좋았다. 연탄불로 연명하던 서울에서의 월세살이는 항상 추위와 싸워야 했다. 그때는 미지근한 물로 샤워를 할 수만 있어도 크나큰 행복감을 느꼈는데, 지금은 그런 것에 더 이상 감사함을 느끼지 못한다. 행복이란 가지고 있는 것과 비례하는 것이 아니라 스스로 감사하는 만큼 느낄 수 있는 것 같다.

시련이란 계절처럼 다시 우리를 찾아오기 마련이다. 언젠 가 다시 되돌아오는 시련에 무너질 필요가 있을까? 시련 없는 인생이란 있을 수 없다. 끝이 있으면 시작도 있는 법이다.

호주에서 처음 구입했던 자동차가 생각난다. 호주 브랜드인 홀든Holden사에서 만든 그 차는 에어컨도 없었고 창문도 수동으로 내려야 했다. 그럼에도 당시의 나는 차가 있어서 행복했다. 140만 원 정도 주고 산, 13년 된 중고차다 보니 시동이 제대로 걸리지 않을 때가 종종 있었다. 한번은 급히 식당에 일하러 가야 하는 시점에 그런 순간이 찾아왔다. 이번엔 아예 시동이 걸릴 생각을 하지 않았다.

한 푼의 시급도 간절하기만 했던 아내와 나는 어떻게든 방법을 찾아야 했다. 차를 힘들게 언덕 위로 밀어 올린 우리는 다시 언덕 아래로 차를 밀었다. 나는 재빠르게 운전석으로 뛰어들어 키를 돌렸다. 다행히 시동이 걸렸고, 우리는 늦지 않게 식당으로 갈 수 있었다. 지금은 웃으며 회상할 수 있는 순간이지만, 그때는 정말 이루 말할 수 없이 다급한 마음이었다.

어찌 됐건, 우리 부부가 식당에서 버는 시급만으로 학비까지 감당하기에는 무리가 있었다. 그때 내가 유학하던 대학의 한 학기 학비는 우리 돈으로 420만 원 정도였다. 6개월 정도 어학연수 후 대학에서 한 학기를 지낸 뒤의 방학 즈음, 수중에는 140만 원 정도가 남아 있었다. 학생비자로는 일주일에 20시간만 일할 수 있었기 때문에 다음 학기의 학비는 물리적으로 마련할 수 없는 상태였다.

나는 그때, 내 생애에서 손꼽을 만한 어리석은 선택을 하고 말았다. 호주에 처음 건너와 어학원을 다닐 때 재미 삼아 친구들을 따라가 본 적 있는 카지노를 떠올린 것이다.

어차피 방법은 없다. 도박에 인생을 걸어보자!

브리즈번에 있는 카지노는 시내 중심가에 있어서 접근성이 좋았다. 중세풍의 아름다운 건물 안에서 수많은 딜러와 직원이 손님들을 환대했다. 막대한 유지비가 들겠지만, 브리즈번 시는 해마다 카지노를 통해 상당한 재정을 확보하고 있었다.

저마다 카지노에서 돈을 따는 방법에 관한 무용담들을 늘어놓곤 하지만, 결과는 늘 정해져 있는 법이다. 이 싸움의 승자는 결국 카지노다. 그걸 알면서도 벼랑 끝에 내몰린 사람들은 썩은 동아줄이라도 붙잡는 심정으로 카지노를 찾는다. 나라고 별반 다르지 않았다. 당연하게도, 마지막 남은 140만 원은 순식간에 사라졌다.

눈앞에서 희망이 사라져 버린 나는 정말이지 마지막이라는 심정으로 친구에게 부탁해 현금인출기에서 뽑을 수 있는 하루 최대 한도액인 800달러(당시 환율로 대략 56만 원)를 빌렸다. 친구는 내 전화를 받고 아무런 내색 없이 곧장 카지노로 달려와 돈을 건네주고 떠났고, 친구의 그 돈 역시 단 한 번의 베팅으로 사라졌다.

생존 본능일까? 아내와 카지노 밖으로 나온 나는 어처구니없게도 검은 봉지에 넣어 가로수 사이에 숨겨두었던 소보로빵을 떠올렸다. 마치 인생 마지막 나락의 순간을 대비한 비상식량처럼 숨겨둔 그 빵을 말이다. 아무 생각도 할 수 없었던 나는 멍하니 소보로빵을 씹으며, 길바닥에 앉아 오열하고 있는 아내를 바라보았다. 아내에게 너무너무 미안했다. 지금은 어느 정도 시간이 지나 조금 나아졌지만, 한동안은 그 카지노를 지날 때마다 가슴이 무너지는 듯한 통증을 느껴야만 했다. 그 이후 카지노 근처에는 얼씬도 하지 않는다.

⚑

호주 유학을 이대로 포기할까 하는 생각이 하루가 멀다하고 들었지만, 그럴 수 없었다. 이렇게 포기하면 인생의 패배자가 될 것만 같았다. 어떻게든 헤쳐나갈 방법을 찾아야 했다. 그때 이런 아이디어가 떠올랐다. 한국 청소년을 대상으로 하는 단기 어학연수 프로그램을 만드는 것.

여기저기서 어렵사리 자금을 구해 마련한 한국행 비행기

티켓으로 우리 부부는 오랜만에 한국으로 돌아왔다. 아내와 나는 입국 다음 날 곧장 한 아파트 단지 입구에 간이 테이블을 폈고, 거기에 직접 만든 홍보물을 올려놓고 연수생을 모집하기 시작했다. 하지만 뭔가 서툴고 엉성해 보이는 젊은 부부에게 잠시라도 자녀를 믿고 맡길 부모가 어디 있겠는가? 한 명도 모집하지 못했다. 아니 단 한 번의 상담도 해보지 못했다. 12월의 서울 날씨는 너무도 추웠지만, 아는 형이 빌려준 가스난로는 기온이 너무 낮아서인지 전혀 작동하지 않았다.

하는 수 없이 아내와 나는 난로와 테이블을 빌려준 형의 차를 타고 노량진에 있는 그의 사무실에 잠깐 들렀다가 재수 시절부터 가끔씩 가던 치킨집으로 향했다. 치킨도 먹고 싶었고, 마음씨 좋은 사장님 부부의 안부도 궁금했다. 우리는 거기서 사장님 부부에게 뜻밖의 제안을 받게 됐다. 우리가 유학 중에 잠시 들어왔다는 얘기를 듣고, 고등학교 진학을 앞둔 외아들을 우리에게 보내고 싶다는 것이었다. 아마도 아들의 유학을 염두에 두고 있던 차에 우리를 만난 듯했다. 혹시나 우리와 연락이 끊어질까 봐 본인들이 쓰던 휴대폰을 건네주기까지 했다.

이후, 아파트 단지 앞에서 아이들을 모집하는 것은 터무니없는 일 같아서 방법을 바꾸기로 했다. 유학 전 학원강사 시절의 제자들을 떠올린 것이다. 그때 가르쳤던 삼 남매 아이들의 집 전화번호가 생각났다. 삼 남매라 전화할 일이 많아서였는지 유일하게 그 번호는 기억할 수 있었다. 곧 아이들 어머니와 통화할 수 있었지만, 아이들을 이미 캐나다로 유학 보내기 위해 학비까지 다 보내놓은 상황이라며 안타까워했다. 아이들이 나를 무척 잘 따르기도 했고, 어머니와도 몇 차례 상담을 한 적이 있어서 이미 서로 어느 정도의 신뢰가 쌓여 있던 터라 어머니도 나도 무척 아쉬워했다.

그렇게 며칠이 지났다. 이제 곧 호주로 돌아가야 할 날이 다가오고 있던 차에 그 어머니에게서 다시 연락이 왔다. 아이들 셋을 나에게 맡기고 싶다고 하셨다. 캐나다 유학을 포기하면 여러 가지 손해를 감수해야 했지만, 그래도 믿을 수 있는 사람에게 아이들을 맡기고 싶은 부모의 마음이었던 것 같다. 예상했던 방식과는 달랐지만, 나는 한국에서 네 명의 장기 유학생을 모집하게 돼 그 아이들과 함께 호주로 돌아왔고, 그 아이들을 돌보는 일을 하며 호주에서의 생활을 이어나갈 수 있었다.

두 발자국 뒤가 보이지 않아서 한 발자국도 떼지 않는 것은 어쩌면 무척 어리석은 일이다. 한 발자국을 가야만 그 다음을 볼 수 있기 때문이다. 우리의 삶은 어차피 예상하지 못한 일의 연속이다. 그렇다면, 알 수 없는 미래에 대한 걱정으로 불안해하기보다는, 알 수 없어서 더욱 설레는 색다른 인생이라는 모험에 올라타 보는 것은 어떨까?

시련이란 계절처럼 다시 우리를 찾아오기
마련이다. 언젠가 다시 되돌아오는 시련에
무너질 필요가 있을까? 시련 없는 인생이란 있을
수 없다. 끝이 있으면 시작도 있는 법이다.

PART 5

삶은 불공평한 것이 아니라
다른 것이다

가끔 '이번 생은 틀렸어!'라며 농담 반 진담 반의 짓궂은 성토를 내뱉는 사람을 볼 때가 있다. 하지만 지금의 생을 살아가고 있는 사람 중 전생을 증명한 사람은 없다. 우리는 단 한 번뿐인 인생을 사는 것이다. 이번 생에 타고난 환경과 조건, 능력이나 외모 같은 것들이 마음에 들지 않는다고 재빨리 다음 생으로 넘어갈 수는 없다. 우리는 타고난 현실을 받아들여야 할 뿐이다. 오히려 그것을 빨리 받아들일수록 더 긍정적이고 행복한 인생을 살 수 있지 않을까 생각되기도 한다.

모든 사람은 저마다 다른 모습으로 다른 조건과 환경을 가지고 태어난다. 그럼에도 삶이라는 것이 각자에게 단 한 번만 주어진다는 측면에서 인생은 완벽하게 공평하다고 볼 수 있다. 우리가 생각하는 불평등 역시 저마다의 주관과 편견에서 비롯되는 것이라고도 볼 수 있다.

나의 인생이 이미 성공했다고 말할 수는 없다. 하지만 우리가 흔히 말하는 '성공'이라는 것의 기준이 사람마다 달라져야 하는 것은 분명하다. 타고난 환경과 능력을 고려하지 않고 무작정 다른 사람과 비교하는 것은 좋은 생각일 수 없다. 내가 태어난 상황과 조건 속에서 얼마나 최선을 다해 노력하며 살아왔는지가 성공한 인생의 기준이 되어야 한다. 서로 다른 그 조건 속에서 자신만의 최선을 다해왔다면, 그 사람은 이미 성공에 가까이 다가가 있다고 나는 믿어 의심치 않는다.

나는 어렸을 때부터 이사를 자주 했다. 어린 시절 그 희뿌연 기억을 헤집어 보면, 부산에 살던 아주 작은 나의 모습과 가족의 모습을 마주하곤 한다. 부산 한 공동어시장 모퉁이에 자그맣게 자리하고 있던 아버지의 사무실, 거기에서 여느 아저씨들과 두런두런 이야기를 나누거나 가끔 화투를 치던 아버지의 모습이 흐릿하게 기억난다. 내가 작고 어렸기 때문에 그랬을 수도 있지만, 아버지를 포함한 그 아저씨들은 덩치가 크고 말본새가 거칠어서 친근하기보다는 무서울 때가 많았다.

우리 가족은 그때 스무 세대 정도가 모여 사는 2층짜리 빌라에 살았다. 위층이었던 우리 집에선 바다가 한눈에 내려다보였는데, 창가에 서서 윤슬이 잘게 부서지는 바다와 그 위에 듬성듬성 떠 있는 고깃배나 화물선을 한참이고 바라보던 어린 나의 뒷모습이 비록 선명하진 않지만 지금도 느리게 떠오르곤 한다.

부산에서의 어머니는 주로 집에 머무르면서 집안일을 돌보셨다. 더없이 자상했던 어머니는 어떤 일에도 화를 내는 법이 없었다. 그리고 두 살 터울의 형. 얼굴과 몸매가 동글동글했던 나와 달리 형은 날씬하면서도 이목구비가 뚜렷한 미남이었다. 여기까지만 생각하면 그때의 우리 집이 그리 특별할 것은 없어도 단출하면서 화목한 집이었을 것 같기도 하다. 하지만 안타깝게도 어린 시절 우리 집은 화목하지 않았다.

어머니와 아버지가 다정하게 대화를 나누는 모습, 어쩌면 누군가에게는 너무나 흔하고 당연한 그런 모습을 나는 본 적이 없다. 어머니와 아버지 사이에 무슨 일이 있었는지 나는 알지 못한다. 아버지가 매우 엄하고 무서웠던 기억뿐이다. 어떤 날은 아버지가 문을 열고 들어오는 순간 형과 나는 숨을 좀 더 천천히 골라야 했다. 어머니도 마찬가지였다. 유순하고 조용했던 어머니는 늘 무언가 견디고 있는 듯한 표정이었다. 과묵하면서도 몹시 가부장적이었던 아버지 곁에서 우리 두 형제를 위해 어머니는 묵묵히 견디고 버텼던 것은 아닐까.

그러나 버티는 것에도 한계가 있었다. 나는 매번 어머니와 아버지 사이에 난 균열이 메워지길 기도했다. 하지만 그 균열은 어린 내가 메울 수 있는 크기의 것이 아니었다. 그렇게 내가 초등학교 저학년일 때 어머니는 아버지와 이혼을 했고, 우리는 경주에 있는 이모 집 방 한 칸을 빌려 그곳에 얹혀살게 됐다.

단 한 번 주어지는 인생은 누구에게나 공평하다고들 말하지만, 그 인생의 출발점이 같을 수는 없다. 어떤 사람은 풍요롭고 쾌적한 조건에서 인생을 시작하지만, 어떤 사람은 선명한 꿈조차도 갖기 어려울 만큼 힘든 환경에서 인생을 시작한다. 어릴 때부터 수없이 돌아보았지만, 아무리 생각해 봐도 역시 내 인생의 출발점은 후자에 놓여 있었다.

경주 이모 집에 얹혀살면서 어머니는 화장품 방문 판매를 시작했다. 그래서 밤늦게 집으로 돌아올 때가 많았다. 친구들을 금방 사귀었던 형도 집에 일찍 들어오지 않았기 때문에 학교에서 돌아온 나는 홀로 방을 지키기 일쑤였다.

어느 어두운 밤, 역시 혼자 방에 있을 때 온 동네가 정전된 적이 있었다. 나는 너무 무서워 방에서 뛰쳐나왔고, 밤거리를 정신없이 내달렸다. 그때 왜 그랬는지는 전혀 기억나지 않는다. 칠흑 같은 밤이었으니 어린 나에게는 무척 위험한 일이었다. 결국 나는 돌부리에 걸려 크게 넘어졌고, 그날 손목에 난 상처는 지금도 미세한 흉터로 남아 있다.

나는 항상 스스로를 외톨이라고 생각했다. 그래도 한 달에 한 번 어머니 월급날이면 자전거 뒷자리에서 어머니의 허리를 끌어안고 통닭을 먹으러 가던 장면은 뚜렷이 기억에 남아

서로 다른 그 조건 속에서
자신만의 최선을 다해왔다면,
그 사람은 이미 성공에
가까이 다가가 있다고
나는 믿어 의심치 않는다.

있다. 그때만큼은 정말이지 행복이라고 불러도 좋을 만한 순간이었다. 나는 그 순간이, 그런 삶이 지속되기를 바랐다. 어머니가 조금이라도 덜 힘들도록 무엇인가를 사달라고 조르는 일도 별로 하지 않았고, 나름대로 집안일도 앞장서서 도우려 노력했다.

♪

하지만 어머니 혼자서 두 형제를 키우는 것은 매우 힘든 일이었던 것 같다. 초등학교 5학년을 마칠 무렵 나는 경북 경산의 시골 마을에 사시는 조부모님께 맡겨졌다. 나는 이 일에 대해 어머니를 원망해 본 적은 없다. 그곳은 평화로웠고 또래 친구들이 많다는 장점도 있었지만, 내가 선택한 생활이 아니었기에 그곳에 오랫동안 머물고 싶지는 않았다.

할아버지와 할머니가 늘 옆에 계셨지만, 보통의 아이들처럼 사춘기에 접어든 나는 대화할 상대가 없다고 느끼며 항상 외로워했다. 그때의 나는 운동이나 미술, 음악에 관심이 많았다. 하지만 그런 적성을 살릴 기회가 별로 없다고 느꼈다.

그때 나는 뿔뿔이 흩어진 가족의 상황이나 넉넉하지 않았던 우리 집 형편 같은 것들을 생각하며, 미래를 위한 기회가 한정적인 이런 현실에서 벗어나고 싶다는 강한 열망을 지니고 있었다. 안정되지 못한 가정에 태어난 것은 나의 선택이 아니었다. 하지만 그 환경에서 최선을 다해 삶을 사는 것과 그렇게 하지 않는 것은 나의 선택이었다.

고등학교 졸업 후 나는 경산 집에서 그리 멀지 않은 한 대학에 합격했지만, 왠지 그곳에 가고 싶지 않았다. 어렸을 때부터 내 안에 자리한 욕심이 더 넓은 세상으로 가라고 계속해서 속삭이는 듯했다. 결국 나는 서울 노량진의 한 고시원에서 수도권 대학에 진학하는 것을 목표로 재수 생활을 시작했다. 하지만 역시 혼자 하는 서울 생활이 쉬울 리가 없었다. 재수 생활 대부분의 시간 동안 극도의 외로움을 느꼈다.

재수생이었던 나는 가끔 노량진 사육신묘로 산책을 갔다. 그곳에는 늘 장기를 두는 할아버지들이 있었다. 한번은 용기를 내어 한 할아버지와 장기를 두었는데, 뜻밖에도 내가 이겼다. 그런데 그 할아버지는 그냥 넘어갈 수 없었는지 장기 잘 두는 다른 할아버지를 모시고 와 기어코 나에게 복수했다. 승부욕이 강한 그 할아버지를 보며 세상이 참 무섭다는 생각도 했었다. 그때의 기억이 골프선수로서의 나에게 일말의 도움이 되었을 수도 있겠다.

홀로 재수 생활을 하면서 경제적인 어려움을 스스로 조금이나마 해결해야만 했다. 건설 현장에서 일하기도 하고 포장마차에서 어묵이나 붕어빵을 팔기도 하면서 최소한의 식사로 끼니를 때우며 버틸 때가 많았다. 불법인지도 모르고 짧은 기간 지하철 잡상인 아르바이트를 한 적도 있었다. 그때 지하철에서 팔았던 물품은 세 갈래로 나누어져 손가락에 끼우는 때수건이었다.

비교적 한산한 낮에 지하철에 올라 때수건을 양손에 끼운 채로 약간의 유머를 섞어 준비한 상품 안내를 읊곤 했는데, 자리에 앉아 있던 아주머니들이 손뼉을 치며 한바탕 웃으면서 저마다 물건을 하나 이상씩 사 간 뿌듯한 날도 있었다. 그분들께는 앳된 티를 채 벗지 못한 갓 스무 살 된 청년 하나가 열심히 사는 모습이 기특해 보였던 것 같다. 하지만 그날을 떠올리면 아직도 땀이 날 정도로 부끄럽다.

외로운 유년 시절과 쓸쓸한 청소년기를 보내면서 나는 다른 사람들에 비해 내 삶이 유난히 더 힘들다고 느꼈다. 어쩌면 삶은 공평하지 않다고 생각했던 순간이 더 많았던 것 같기도 하다. 하지만 돌이켜 보면 세상에는 나보다 훨씬 더 힘든 상황에 놓여 있는 사람들이 많았다.

몇 해 전 봉사활동을 목표로 필리핀으로 건너가 생활을 하면서 그 사실을 피부로 직접 느끼기도 했다. 나는 그곳에서 가족과 함께 1년 가까운 시간을 보냈다. 필리핀에 도착해 내가 처음으로 한 것은 학생 수가 700명 정도 되는 학교에서 아이들을 가르치는 일이었다. 선교사 자녀들이 대다수였던 그 학교에서 나는 보수 없이 일했다. 그러면서 가끔씩 가족과 함께 가난한 동네를 찾아가 무료로 식사를 나누어 주는 일을 하기도 했다. 그 일을 통해 숲속의 한 작은 마을 사람들과 인연이 닿았다. 그 마을에는 전기는 물론 상하수도 시설

도 없었다. 그곳의 아이들은 대부분의 출생증명서조차 받지
못한 채 살아가고 있었다.

출생증명서가 없으니 사회시스템의 보호나 혜택도 받을
수 없었고, 기본적인 교육 역시 받을 수 없었다. 필리핀을 떠
날 무렵 나는 그 마을 아이들이 출생증명서를 받을 수 있도
록 도왔다. 다행히 그때 34명의 아이가 출생증명서를 받게
됐고, 감사하게도 이 일은 지금도 한국의 한 자선단체를 통
해 지속되고 있다.

어떤 아이는 선진국의 부유하고 안정된 가정에서 태어나
양질의 교육을 받으며 성장하고, 또 어떤 아이는 태어나자마
자 절대 가난에 허덕이는 현실 속에서, 심지어는 당장의 목숨
도 위태로운 전쟁터에서 생존을 위해 몸부림치며 성장한다.

재수생 시절, 나는 노량진 골방에서 강판에 마음과 머리를
가는 심정으로 오롯이 하나의 목표만 바라보았다. 그때는 그
저 목표를 좇기만 하는 것이 내 삶의 이유처럼 느껴지는 시
절이었다. 그렇게 하루하루를 보낸 끝에 신은 내 작은 손을

잠시 잡아주었다. 노량진 골방 생활을 통해 나는 동국대학교에 떳떳이 입학했다. 내가 나 자신에게 처음 만들어준 쾌거의 순간이었다. 불행한 상황 속에 두 손 두 발 들지 않고 끝까지 밀어붙인 첫 번째 일이었다.

지금도 가끔씩 처음 합격 소식을 들었을 때가 생각난다. 겨울이었고, 매일없이 발이 시려서 책상 밑에서 발가락을 꼼지락거리던 시절, 나는 그때도 혼자 고시원에 있었다. 함께 기뻐할 사람도 없었고 어떤 축하 파티도 없었지만, 두말할 나위 없이 기쁜 날이었고 내 인생이 조금씩 바뀔 수 있다는 희망을 처음으로 맛본 날이기도 했다. 그 씁쓸하면서도 달콤한 맛을 잊을 수가 없다. 그렇기에 이 글을 읽는 누군가가 본인의 인생이 불공평하다 느끼고 있다면, 먼저 지금 당장 무엇을 할 수 있을지 생각해 보라 말하고 싶다.

인생이 불공평하다 느끼고 있다면, 먼저
지금 당장 무엇을 할 수 있을지
생각해 보라.

Impact

⟶ **임팩트**

어떤 일이든 저지르는 자만이
그 결과를 맛볼 수 있다.

PART 6

멈춘다면 삶의 반전은
당신을 기다리지 않는다

우리 삶은 세찬 물살을 거슬러 헤엄쳐 오르는 물고기의 삶과 크게 다르지 않다. 강물을 거슬러 오르는 물고기가 헤엄을 멈추고 잠시 쉰다면 물살에 떠밀려 출발점으로 다시 돌아가게 될 것이다. 강한 물살에도 같은 자리를 지키고 있는 물고기는 사실 필사적으로 헤엄치고 있는 것이며, 물살을 거슬러 오르는 것은 그보다 더 강한 노력과 도전 정신이 필요한 일이다.

유튜브 콘텐츠를 통해 대중과 소통하고 강연이나 텔레비전 프로그램에도 종종 출연하고 있는 나를 보며 뭇사람은 내가 방송 체질이라 말하지만, 사실 그것은 나에게 정말이지 쉽지 않은 일들이었고, 더 솔직한 심정으로는 엄청난 도전 정신이 필요한 일들이었다. 내 삶은 매번 나를 깨고 나오는 도전이었다. 아무리 모험심이 많은 성정을 지녔다 해도 그런 도전들은 매번 두렵고 힘겨운 것이었다.

그렇지만 나는 계속 도전할 수밖에 없었다. 나는 실체적 도전 없이 머릿속으로 몽상을 쫓는 사람이 되고 싶지 않았다.

앞서 이야기했듯 어렸을 때 나는 주변에 친구가 많지 않았고 가족도 집을 비울 때가 많아서 스스로 외톨이라 여겼다. 방학 때 시골에 가서 또래 사촌들을 만나면 너무나 반가운 나머지 내 나름대로 큰 용기를 내어 그들에게 이런저런 이야기를 건네려 노력했다. 하지만 두 살 많은 친형이 그런 나를 매번 가로막는 바람에 사촌들 앞에서도 거의 말을 하지 못했다.

"조용히 해. 너는 좀 가만히 있어라."

그렇게 말하며 항상 무언가에 쫓기듯 다그치며 내 입을 가로막기 일쑤였고, 나는 그렇게 입을 더 굳게 닫아야 했다. 그때 나는 형을 이해할 수가 없었다. 다른 비슷한 상황에서도 이런 일은 반복되었고, 가정환경 탓인지 타고난 성격 탓인지 안 그래도 부끄럼이 많았던 나는 좀 더 성장하고 나서도 사람들 앞에서 이야기하는 것이 매우 힘들었다.

물론 시간이 많이 흘러 세 아이의 아빠가 되고 아이들이 자라는 모습을 보면서 그때 형이 나에게 왜 그랬는지 어느 정도는 이해할 수 있게 되었다. 타인에 대한 배려심이 깊은 형은 어린 동생이 다른 사람을 불편하게 만들까 봐 걱정이 앞섰던 것일 것이다. 형은 내가 사춘기를 지날 무렵부터 나에게 무척 잘해주기 시작했다. 아마도 내가 억울함을 느낄 정도로 형이 나를 단속했던 것은, 형도 나도 많이 어렸기 때문이었으리라.

타고난 성격과 그런 성장 배경 중 어떤 것이 나에게 더 큰 영향을 끼쳤는지는 모르겠지만, 어쨌거나 나는 자신의 의견을 잘 내지 못하며, 의기소침하고, 말보다는 눈치가 앞서는 아이로 성장해 가는 중이었다. 그러던 중 나도 한번쯤 용기를 내고 싶은 순간이 생겼다. 학창 시절 손에 꼽는 도전이라고 할 만한 일 중 하나였다. 어쩌면 그것은 '나'라는 벽을 깨는 첫 도전이었을 것이다.

그렇기에 나는 누군가의 작은 도전을 언제나 응원한다. 그 작은 힘이 나비효과가 되어 나중에 그를 어디로 데려갈지 모르니 말이다.

♩

　고등학생 시절 나는 독학으로 기타를 연습하기 시작했다. 기타를 시작하고 얼마간 시간이 흐른 뒤, 나는 웬만큼 연습이 됐다고 판단해 당시 다니던 교회 학생부의 기타 반주자로 자원했다. 심장이 두근거리는 일이었지만 손가락에 굳은살이 박이도록 연습을 했기 때문에 뛰어나지는 못해도 나름 괜찮은 실력일 거라 생각했다.

　20~30명 정도의 소그룹이었고 반주 실력보다는 참여에 의의를 둔 분위기였기 때문에 나는 바로 실전에 투입될 수 있었다. 그러나 반주를 시작한 첫날 예상하지 못했던 상황이 벌어졌다. 나는 분명 악보에 맞게 코드를 잘 잡고 있는데 화음이 전혀 맞지 않는 것이었다. 나는 당황해 박자도 틀리기 시작했다. 몇몇 학생은 그런 내 모습을 보며 웃음을 참지 못했다. 첫 곡이 끝나기도 전에 나는 기타 반주를 포기하고 얼른 빈자리를 찾아가 숨듯이 고개를 숙이고 앉아야만 했다.

그렇게 나의 첫 도전은 망신으로 끝이 났다.

나는 미리 피아노 음에 맞게 기타를 조율해야 한다는 것을 알지 못했다. 내 기타는 피아노와 음이 전혀 맞지 않았기 때문에 제아무리 틀리지 않게 기타 코드를 잡았다 한들 소리가 맞을 수 없었던 것이다. 나는 그때의 망신스러운 기타 반주 사건 이후 도전을 미워하지 않을 수 있었다. 비록 부끄러운 시간을 경험해야 했지만.

나는 문제를 파악한 바로 그다음 주, 학생부 기타 반주에 다시 도전했다. 기타를 조율한 이후 내 반주는 그럴싸하게 합주에 녹아들었고, 나는 무너진 자존심을 금세 회복할 수 있었다. 이를 시작으로 나는 꽤 오랫동안 사람들 앞에서 기타 반주와 노래를 할 수 있었고, 그것은 지금 내 일상에서 매우 중요한 부분을 차지하고 있는 색소폰 연주 활동으로 이어지게 되었다.

무언가에 처음으로 도전할 때는 다소 어설프거나 많이 모자라 망신을 당할 수도 있다. 하지만 그 도전을 쉽게 포기하지 않는다면 어떤 결실을 맺게 될지는 누구도 알 수 없는 것이다. 끝내 도망치지만 않는다면 그 도전은 이미 성공의 궤도에 들어선 것과 마찬가지다.

20대 후반의 나이에 프로 골퍼가 되기 위해 골프를 시작한 나는 계속해서 새로운 도전에 또다시 직면했다. 혼자 골프 연습을 시작하고 얼마 지나지 않아 나는 소속 골프 클럽에서 여는 경기에 나가기 시작했다. 클럽 내에서 멤버끼리 하는 경기는 비교적 편안한 분위기에서 진행됐지만, 초보자에 가까웠던 나에게는 경기라는 것 자체가 큰 도전이어서 부담을 가질 수밖에 없었다.

그 당시 경기에서 긴장한 나머지 나는 연습 때 하던 스윙을 제대로 할 수 없었고, 짧은 퍼트를 남겨놓았을 때조차도 손이 떨려 퍼팅 스트로크를 제대로 할 수 없었다. 한번은 1미터 거리의 짧은 내리막 퍼트를 남겨놓고 너무나 긴장되어 연습 스트로크만 반복하며 시간을 끈 적이 있었는데, 그런 내 모습을 보며 10대 후반의 어린 동반자가 내게 무척 화를 낸 적도 있다.

나는 아직도 그 어린 동반자의 말이 가슴 깊이 사무친다. 하지만 당시 나에게 대담함과 결단력이 결여돼 있었던 게 사실이다. 나는 그저 절실했을 뿐이다. 단 한 번의 짧은 퍼트에서도 수만 가지의 고민을 할 수밖에 없었다. 프로 골퍼가 되겠다는 매우 절실한 꿈을 갖고 있었기 때문에 그만큼의 부담과 긴장을 온몸으로 받아내야 했다.

이후 나는 그때 그 순간을 복기해 가면서 수없이 연습했다. 바둑기사처럼 하급자가 보지 못하는 것을 볼 수 있는 상급자가 될 때까지, 그런 눈을 배울 때까지. 수없이 연습했음에도 긴장감을 이겨내지 못해 연습 때의 좋은 스윙이 나오지 않는 필드 위에서의 내 모습을 바라보며 나는 권투와 골프를 비교하기 시작했다. 어느 한구석 숨거나 도망갈 곳 없는 사각 링 위에서의 그 혈투와 말이다.

나는 계속 도전할 수밖에 없었다.
나는 실체적 도전 없이 머릿속으로
몽상을 쫓는 사람이 되고 싶지 않았다.

권투와 골프는 도망칠 수 없다는 공통점이 있다. 물론 인생도 마찬가지다. 쉽게 도망칠 수 있는 곳은, 숨을 수 있는 곳은, 그리하여 시간을 유예할 수 있는 곳은 없었다. 그저 정면으로 바라보고 마주해야만 했다. 링 위에 갇혀 경기를 펼치는 권투선수는 한순간도 싸움을 멈출 수 없다. 더 이상 펀치를 날리지 않는다거나 등을 돌린다는 것은 지기 위해 그곳에 서 있는 것이나 다름없다. 또 그렇게 멈춘 만큼 혹독한 대가를 치러야 한다.

도망칠 곳이 없다고 생각하니 오히려 마음이 편했다. 도망칠 곳이 없으니, 도망치지 않으면 된다고 생각했다. 그 이후부터 나는 1번 홀 티 박스에 오르기 직전 이렇게 자기암시를 하기 시작했다.

"자, 피하지 말고 목표하는 방향만 보고 힘껏 펀치(샷)를 날려! 경기가 끝날 때까지 이 펀치를 멈추면 안 돼!"

이 말은 골프 클럽의 필드뿐만 아니라, 인생이라는 필드 위에서도 통용되었다. 나는 '피할 수 없으면 즐기라'라는 말을 '피할 수 없으니 피하지 말라'라는 말로 바꾸어 이 상황에 접근했다. 피할 수 없는 것을 즐길 정도로 대담한 인물은 못 되기 때문이다. 나는 그저 노력하다 실패하고 다시 일어나 연습하고 노력하면서 늦은 나이에 프로가 된 골퍼이기 때문이다.

어떻게 보면 매우 늦은 나이였지만 처음부터 프로가 되겠다는 목표를 가지고 시작했기에 골프에 입문하자마자 나는 미친 듯이 하나의 목표에만 매달렸다. 그 지독한 끈기 때문인지 내 골프 실력은 비교적 빠르게 성장했다. 입문 후 2년이 흘렀을 때 내 호주 아마추어 공식 핸디캡은 4가 되었고, 일부 호주 공식 아마추어 대회에 참여가 가능해졌다.

머지않아 나는 처음으로 소속 클럽에서 큰 부담 없이 멤버끼리 하는 시합이 아닌, 다른 코스에서 열리는 공식 아마추어 대회에 참여하게 되었다. 공식 아마추어 대회에서는 더 이상 핸디캡이 적용되지 않았다. 공식 대회는 협회가 경기의 결과를 기록해 보다 큰 아마추어 대회, 혹은 프로 대회에 참여할 수 있는 기회를 부여하기 때문에 그 권위가 완전히 달랐다.

첫 공식 아마추어 대회 때 역시 나는 무척 긴장할 수밖에 없었다. 처음이란 것은 왜 매번 이렇게 심장이 터질 지경으로 사람 머릿속을 백지장으로 만들어버릴까. 단 한 번의 예외도 없이 말이다. 말 그대로 '처음' 경기를 치르는 코스였고, 경기에 참여한 선수들의 포스도 모두 남달라 보였다. 내 느낌으로는 아마추어라기보다 프로처럼 보이는 참가자가 훨씬 많았다.

그 경기의 스코어는 정확히 기억나지 않지만, 분명했던 건 100명 정도의 참가자 중에서 나보다 아래쪽에 있던 참가자가 한두 명 정도에 불과했다는 사실이다. 나는 그 대회에서 거의 모든 종류의 실수를 범했다. 어느 파4 홀에서는 제법 큰 나무 바로 옆에서 세컨드 샷을 해야 하는 상황을 맞닥뜨렸는데, 백스윙 때 클럽헤드가 나뭇가지에 부딪히는 바람에 공을 아예 맞히지 못했다. 헛스윙을 해서 한 타를 허공에 날려버린 것이다. 다른 홀에서는 동반자의 공을 쳐서 벌타를 받고 다시 치는 일도 있었다. 경기 막판에는 이런 어이없는 실수들에 화가 난 나머지 그린 바로 앞에 놓여 있던 공을 일부러 강하게 타격해 그린 뒤편 연못에 빠뜨리기도 했다.

이렇게 나의 첫 번째 호주 아마추어 토너먼트 경기는 총체적 난국으로 막을 내렸다. 하지만 엉망진창 반주 이후 기타를 들쳐 메고 다시 교회를 찾아갔던 나처럼, 어린 골퍼에게 핀잔을 듣고 나서 사무치게 골프 연습에 매진했던 나처럼, 나는 포기하지 않고 공식 아마추어 대회에 계속 참가했다. 그러다 보니 점차 마음도 스코어도 안정되어 갔다. 이런 생활을 반복하면서 어쩌면 진짜로 나도 프로에 입문할 수 있지 않을까 생각하며 목표를 이루는 시점이 조금은 가까워지고 있음을 스스로 느끼기도 했다.

⛳

내 삶에서의 도전이 골프나 기타처럼 목표가 뚜렷한 것만 있었던 것은 아니었다. 내 도전을 향한 의식은 일상생활에서도 마찬가지로 이어졌다.

호주의 백인 중심 사회에서 살다 보면 자연스레 아시아인은 비주류라는 느낌을 갖게 된다. 나 역시 그곳에 살면서 그런 느낌을 받지 못했다면 그건 거짓일 것이다. 그렇기에 오히려 나는 그곳에서 내 아이들이 나를 닮아 움츠린 채 살아가는 것을 결단코 원하지 않았다. 세 아이의 아빠가 되고 나서야 비로소 아이들이 부모의 모습을 보며 자란다는 사실을 알게 되었다. 그리하여 나는 어느 순간부터 기회가 되면 적극적으로 사람들 앞에 나서기 시작했다.

　　우리 가족이 살던 브리즈번에서는 매년 '브리즈번 교민의 날'이라는 문화 행사가 열렸다. 이 행사의 중요한 프로그램 하나가 노래 경연 대회였다. 행사 한두 주 전에 예선을 치르고, 예선을 통과한 10명 정도가 행사 날 무대에 오르는 방식이었다. 그해 예선에 50명가량이 참가했는데, 그렇게까지 노래를 못하는 건 아니었던지 나는 당당히 예선을 통과했다. 하지만 사실 그때나 지금이나 나는 사람들 앞에서 노래하는 것이 너무나 두렵긴 하다.

　　행사 날 본선 무대에 오른 나는 박효신의 「좋은 사람」을 불렀는데, 걱정했던 것만큼 떨지 않고 그럭저럭 끝까지 노래를 부르고 내려왔다. 과분하게도 나는 장려상을 받았고, 부상으로 영화 골드 티켓을 받아 아내와 함께 고급스러운 소파에 앉아 와인을 마시며 영화를 감상하는 추억도 쌓을 수 있었다.

또 한번은 운 좋게도 브리즈번 교민들의 가장 큰 축제인 한인의 날 행사에서 사회를 맡게 되었다. 속으로는 여느 때와 같이 잔뜩 긴장하고 있었지만, 그 긴장감이 겉으로 드러나지 않게 마음의 준비를 잘했던 탓인지 뜻밖에도 반응이 괜찮아서 나는 그 이후로 몇 년 동안 한인의 날 행사 사회를 도맡게 되었다. 이런 기회들을 통해 나는 브리즈번 교민 사이에서 제법 인플루언서로 알려졌다.

다행히 내 아이들은 나와는 다르게 성장하고 있다. 셋 다 비교적 자신감 있어 보인다. 사람들 앞에서 악기를 연주하거나 춤추고 노래하는 것을, 또는 이런저런 이야기를 풀어내는 것을 그렇게 어려워하지 않는다. 심지어 첫째 아들 해성이는 제 아빠가 집에서 자주 기타를 치는 모습을 보고 자라서인지,

그리피스대학교 소속 퀸즐랜드 음악원에서 실용음악을 전공하고 있기도 하다.

$$\text{⛳}$$

2000년도에 호주로 건너간 나는, 재작년부터는 서울에서 더 많은 시간을 보내고 있다. 서울의 거리에서 지나쳐 가는 20~30대의 수많은 청년들을 바라보며 그 시절의 나를 떠올리곤 한다. 그들 중에는 그때의 나처럼, 아니 그때의 나보다 더 감당하기 힘든 삶을 살아가고 있는 이들도 많을 것이다. 나는 그들에게 쉽게 달콤한 말로 더 큰 도전을 부추기고 싶지 않다. 그저 그들이 선택할 수 있는, 혹은 책임질 수 있는 도전에 몰두하기를 바랄 뿐이다.

인생의 경험이라는 것은 80억 인구 하나하나에게 모두 다른 것이어서, 어떤 이에게는 식은 죽 먹기보다 쉬운 도전이 어떤 이에게는 시도도 할 수 없는 만큼 어려운 도전일 수도 있다. 누군가에게는 눈앞에 뻔히 정답이 놓여 있는 도전일지라도 또 다른 누군가에게는 그것이 다시 태어나도 답을 찾을 수 없는 어려운 도전일 수 있다.

20대 시절 공사판 막노동을 나갔다가 실수로 대못을 밟은 적이 있다. 그 대못은 신고 있던 고무장화 밑창을 뚫고 발바닥 깊이 들어왔다. 장화 안으로 흥건하게 피가 고이기 시작했고, 발바닥 상처 부위가 부풀어 올라 걸을 때마다 커다란 구슬을 밟는 느낌이 났다. 그때 나는 선택해야 했다. 며칠 치가 될지 모르는 수당을 포기하며 치료를 택할 것인가. 아니면 이를 악물고 고통을 감내하며 하루 치의 수당을 택할 것인가.

누군가가 지금 비슷한 처지에 놓여 있다면 나는 당연히 치료를 받으라고 강력하게 권할 것이다. 하지만 나는 그날 후자를 선택했다. 그때 나는 가진 것이 없었고 내 미래는 막막하다고 생각하고 있었다. 스스로 무기력하다고 느껴지는 순간이 많았다. 그래서 억지라는 걸 알면서도 그날의 수당을 포기하고 싶지 않았다.

나는 이 세상을 살아가고 있는 우리 모두가 각자의 삶의 자리에서 자신만의 미래를 위해 쉽지 않은 도전을 하고 있다고 믿는다. 그리고 그 도전을 응원한다. 도전하며 극복하는 인생은 분명 아름다운 것이라고 말이다.

대못을 밟고도 누군가에게 말도 못하고 계속 일을 해야만 했던 그때의 나를 생각하면 지금도 짠한 감정이 밀려온다. 쉬는 시간에 공사 현장 앞에 버려져 있던 합판 위에 몸을 누인 상태로 지나가던 교복 입은 여고생과 눈이 마주쳤던 순간이 지금도 생생하다.

공사 현장에 나갈 때 나는 씻을 생각도 안 했고 거울조차 보지 않았으며 당장 버려도 될 만큼 헐어버린 옷을 걸치고 있었다. 잔뜩 헝클어진 머리에 꾀죄죄한 얼굴, 먼지로 얼룩진 옷차림새의 내 모습이 갑자기 인식되며 창피함이 몰려왔다. 하지만 이런 감정이 나쁜 것만은 아니었다. 불편함을 느낀다는 것은 그만큼 동시에 그 상황에서 벗어나도록 발버둥치게 하는 동기가 되고 있다는 뜻이었기 때문이다.

PART 7

두려움에는
두 가지 얼굴이 있다

2023년에 나는 시니어투어에 출전할 수 있는 나이, 즉 50세가 되어, 10월 말에서 11월 중순까지 열리는 KPGA 챔피언스(시니어)투어 선수 선발전에 참여할 수 있었다. 호주프로골프협회 소속 프로인 나에게는 한국에서 참가하는 첫 번째 공식 경기였다. 경기를 앞두고 또 다른 두려움이 몰려오기 시작했다. 그때 내 염두에는 어떻게 잘 준비해서 경기에 임할까 하는 생각보다, 고국에서 처음 참여하는 경기에서 망신을 당하면 어쩌지 하는 두려움으로 가득 차 있었다.

한국에서 골프 레슨 유튜버로서 어느 정도 자리를 잡고 있었기 때문에 경기에 나가면 나를 알아보는 사람들이 있을 것이고, 게다가 형편없는 결과로 1차 예선부터 탈락이라도 하게 된다면 망신뿐만 아니라 그동안 열심히 쌓아온 유튜브 레슨 콘텐츠의 신뢰 자체를 떨어뜨리는 결과를 초래할 수도 있다는 생각에 두려움이 몰려왔다.

어느덧 1차 예선 경기가 열리는 날이 되었다. 우리 조는 나를 포함한 프로 골퍼 세 명과 아마추어 골퍼 한 명으로 편성돼 있었다. 그런데 바로 그 아마추어 골퍼분이 바로 나를 알아보았다. 심지어 내 유튜브 채널의 오랜 구독자이며 내가 만든 레슨 영상들을 항상 참고하고 있다고까지 이야기하는 것이었다. 아뿔싸……. 너무도 반갑고 감사한 일이었지만, 하필 그런 곳에서 운명처럼 구독자를 만나게 되어 내 부담감은 곱절 이상으로 커지는 듯했다.

게다가 큰 변수까지 발생했다. 짙은 안개로 경기가 계속 지연되었던 것이다. 2시간 이상 지연된 뒤에야 경기가 시작될 수 있었다. 하지만 엎친 데 덮친 격으로 일정 문제로 인해 1차 예선 경기는 9홀로 축소되고 말았다. 절반으로 축소된 경기는 초반의 실수를 만회할 기회가 사라져 버린 것과 마찬가지기 때문에 그만큼 압박감은 배가됐다.

드라이버를 들고 첫 번째 홀 티박스 위에 올라섰을 때 역시 내 팔과 다리는 떨리고 있었다. 내가 내 몸을 전혀 통제하지 못하고 있는 것 같았다. 정신없이 첫 티샷을 했는데 몸이 너무 경직된 탓인지 공이 왼쪽으로 휘어지며 페어웨이 벙커에 빠졌다. 그 뒤에 더 큰 실수가 나오고 말았다. 벙커에서 친 세컨드 샷이 너무 얇게 맞아 낮은 탄도로 그린을 훌쩍 넘어가버린 것이다. 심장이 더 심하게 요동치기 시작했다. 서드 샷을 간신히 그린에 올려 파4 첫 홀을 보기로 마무리했다. 그렇게 두 번째 파5 홀로 이동해야 했다.

너무 놀라서인지 두 번째 파5 홀 티박스에서 나는 더욱 굳어 있었다. 드라이버 티샷이 왼쪽으로 심하게 휘어지면서 페어웨이를 놓쳤다. 다행히 세컨드 샷을 페어웨이로 잘 보냈고, 서드 샷을 그린에 올리며 조금씩 안정을 찾기 시작했다. 그렇게 보기 2개와 버디 2개를 기록해 이븐파로 반쪽짜리 1차 예선을 통과할 수 있었다.

며칠 뒤 2차 예선 경기가 열렸다. 긴장은 여전했지만 첫 홀 티박스에 티를 꽂는 나의 손은 더 이상 심하게 떨리지는 않았다. 전반 9홀에서 보기 없이 버디 3개를 기록하면서 좋은 출발을 했고, 후반 9홀에서 연속 보기가 나오며 한 차례 위기가 있었지만, 최종 1언더파로 마무리하며 2차 예선도 무난하게 통과했다.

♪

치밀한 계획이나 그럴싸한 준비 없이 타국의 생활을 시작한 우리 부부는 생활비를 벌기 위해 여러 가지 일을 해야만 했다. 그중 하나가 브리즈번의 일식당에서 아내와 함께 일을 한 것이다. 그곳에서 아내는 초밥을 만드는 역할을 맡았고 나는 키친 핸드kitchen hand 역할을 맡았다. 키친 핸드는 재료 준비나 설거지같이 자질구레한 일들을 하는 일종의 주방 보조였다.

처음에 나는 집에서 하듯 꼼꼼하게 설거지를 했는데, 개수대에 차오르는 접시의 속도를 따라잡지 못해 요리사들에게 계속 잔소리를 듣게 되었다. 누가 봐도 나보다 어려 보이는 요리사에게 그것도 아내가 보는 앞에서 혼이 나는 것은 결코 기분 좋은 일이 아니었다. 하지만 그 정도의 기분 때문에 당장의 생활비를 포기할 수는 없었다. 참고 버티다 보면 요령을 찾을 수 있을 거라 생각했다.

그때는 영어도 그리 익숙하지 못한 상태여서 일을 할 때 더 움츠러들 수밖에 없었다. 그렇게 주방에서 하루에도 몇 번씩 깨지는 날들이 지나갔다. 시간이 지날수록 조금씩 일에 익숙해졌고, 좀 더 빠르게 하려고 노력하다 보니 언젠가부터 설거지에 충분한 속도가 붙기 시작했다. 아, 이제 좀 할 만하다, 라는 생각이 들자마자 내 앞으로 새로운 과제들이 나타났다.

주방 내 자리 뒤편에 놓인 널따란 스테인리스강판 위로 내가 손질해야 할 온갖 야채와 고깃덩이들이 올려지기 시작했다. 설거지를 하면서 식재료도 손질해야 하니 이제는 허리 한번 제대로 펼 시간도 없었다. 근무 시간 동안 화장실에 가는 것은 엄두도 못 낼 일이었다. 이런 고된 일을 반복해야 하기 때문에, 키친 핸드로 들어온 사람 중 대부분은 얼마 지나지 않아 일을 그만두기 일쑤였다. 몇 주 혹은 며칠 만에 새로운 사람이 나타나 어설프게 설거지를 하거나 식자재를 나르는 것은 그곳 주방의 일상 같은 일이었다.

나는 그런 곳에서 5개월 넘게 일하고 있었다. 어느 정도 주방 경력이 쌓이자 그들은 나에게 요리를 가르치기 시작했다. 한 달 정도 요리를 배운 뒤 나는 하급 요리사로 투입되었다. 사실 요리라고 부르기 다소 민망할 정도의 일을 맡았는데, 그것은 정해져 있는 레시피에 맞춰 음식을 조리하는 수준의 일이었다. 주문이 폭주하는 시간대에는 10개 정도 되는 화구가 동시에 쉬지 않고 돌아갔다. 한번은 너무나 바쁜 나머지 무의식적으로 기름에 튀겨지고 있는 돈가스를 맨손으로 꺼낸 적도 있었다.

얼마 지나지 않아 나는 주문 속도에 맞춰 일을 할 수 있게 되었다. 그렇게 일에 익숙해지다 보니 나도 모르게 양손으로 프라이팬을 돌렸고, 칼로 도마를 아무렇게나 탕탕탕 때리면 보기 좋게 돈가스가 썰려 나왔다. 돌이켜 보면 그 주방에서 나는 무언가를 잘해내기 위해서가 아닌 그저 누군가에게 싫은 소리를 듣지 않기 위해 신경을 곤두세우고 있었던 것 같다. 그나마 다행이었던 것은, 아내가 맡은 일은 주문과 관계없이 하루에 필요한 개수의 초밥만 만들면 되는 일인 점이었다. 아내의 일은 빠른 속도를 요하지도 않았고 누군가에게 핀잔을 듣거나 할 일도 거의 없었다.

영어 소통에 그리 익숙하지 않은 때였지만, 주방에서 일하는 사람 대부분이 동양계였고, 손님을 직접 상대할 일도 없었기 때문에 다행히도 우리 부부는 언어에 대한 부담을 크게 느끼지 않아도 되었다. 어찌 보면 타국 생활에서 가장 중요한 점은 언어일 것이다. 별다른 준비 없이 건너온 호주라는 큰 땅덩어리에서 영어에 서툰 우리는 다소 기가 죽어 있기도 했지만, 주방 안에서만큼은 그저 묵묵히 육체노동만 하면 되었기에 그곳은 또 다른 의미에서 우리에게 보금자리가 되어주었다.

PGA 트레이니십 과정을 시작하며 브리즈번의 한 골프장의 프로 숍professional shop에서 일하기 시작했을 때는 호주에서 대학도 졸업하고 호주 생활이 10여 년 흘렀을 때였지만, 나는 여전히 영어에는 자신이 없었다. 그곳은 일식당의 주방과는 달리 함께 일하는 사람 대부분이 서양인이었다. 그곳에서는 전화 업무는 물론 손님들을 직접 상대하는 업무 역시 해야 했다. 주말에는 경기도 직접 진행해야 했다.

한번은 코스에서 문제가 발생해 급히 도와달라는 연락을

실수를 크게 신경 쓰지 않고 자신 있게
스윙을 하는 사람이 그러지 못하는
사람에 비해 골프 실력이 빨리 느는 것을
나는 많이 목격했다.

받았다. 당연히 그 연락은 영어로 나에게 전달되었다. '문제'라는 점과 '영어'라는 점 때문에 이중으로 당황한 나머지 나는 충분히 알아듣지 못한 채로 되묻지도 못하고 전화를 끊었다. 그래서 어렴풋이 알아들은 영단어 몇 개로 그 상황을 추측해 볼 수밖에 없었다. 어림짐작으로 카트가 고장 나서 중간쯤 되는 어느 홀에 멈춰 있다는 이야기 같았다.

나는 급히 상비용 카트를 몰고 해당 지점으로 이동했다. 그곳으로 가는 동안 혹시나 내가 짐작한 문제가 아닌 다른 문제면 어떡하나 하는 걱정이 밀려왔다. 이윽고 저 멀리 페어웨이 위에 멈춰 서 있는 카트 한 대가 보이기 시작했다. 가슴속 깊은 곳으로부터 안도의 한숨이 나왔다. 나는 몰고 간 카트를 고장 난 카트와 교체한 뒤 시트를 들어 비상스위치를 작동해 그 카트를 몰고 곧장 프로 숍으로 돌아왔다.

그렇게 프로 숍에서 일한 지 수개월이 흐르고 나서야 비로소 영어 때문에 생겨나는 긴장감은 어느 정도 해소되었다. 아무리 그래도 현지인이 아닌 나에게 여전히 농담과 같이 그들의 다른 문화가 배경이 되는 이야기는 어려웠다. 그래서 여전히 내가 그곳에서 분위기 파악을 잘하지 못한다고 느낄 때가 많았다.

$$\text{⚑}$$

내 경험으로 미루어 봤을 때, 대부분의 호주 이민 1세대는 영어에 어려움을 느낀다. 영어를 잘 못한다고 해서 그 사람의 지능까지 떨어지는 것은 아닐 텐데, 나 같은 이민자가 영어를 조금 못한다는 이유로 현지인들이 그 사람을 어리숙하게 바라본다고 느껴질 때면 불쾌한 기분이 들었다. 물론 내가 경험한 대부분의 호주 사람은 매너가 좋은 편이라 이런 것을 직접적으로 티 내거나 하지는 않았다.

아이들은 우리와는 다르다. 아이들은 영어를 빠르게 습득하고 금세 현지인들과 쉽게 대화를 한다. 그래서 한 가족이 이민을 가면 얼마 지나지 않아 아이들이 부모의 통역사 역할을 하는 모습을 종종 목격하게 된다. 단 하나의 언어 시스템에 고착화되어 있는 어른들에 비해 아이들은 좀 더 유연하게 새로운 언어를 받아들인다. 하지만 나는 그런 이유와 더불어

'두려움'을 대하는 태도도 언어를 배우는 데 중요한 요소라고 생각한다.

영어와 같은 외국어를 잘 못하는 것이 절대 망신스러운 일은 아닐 것이다. 뒤집어 생각해 보면, 우리는 우리의 모국어인 한국어를 잘하고 상대는 한국어의 'ㅎ'자도 모를 가능성이 매우 높다. 상대 외국인이 한국어를 모른다고 해서 우리가 그 사람을 무시하는 경우는 없다. 그러나 아이들과 달리 어른들은 문법이 잘못됐을까 봐, 혹은 단어 선택이나 발음에서 실수가 있을까 봐 지나치게 고민을 한다. 그러다 보면 말할 타이밍마저 놓치게 되어 대화의 흐름을 따라가기조차 힘들어진다.

언어뿐만 아니라 골프를 배우는 데에도 아이들이 더 유리한 면이 있다. 경험이나 기술적인 부분에 대한 이해력은 분명 어른들이 훨씬 더 좋은데도 불구하고 아이들이 골프를 더 빠르게 배울 수 있는 것은 어른들에 비해 신체적으로 더 유연하기 때문이기도 하지만, 실수를 크게 두려워하지 않는 점역시 매우 중요한 이유가 된다.

어른의 경우에도 확실히 실수를 크게 신경 쓰지 않고 자신 있게 말하는 사람이 영어를 빨리 습득하는 경향이 있다. 마찬가지로, 실수를 크게 신경 쓰지 않고 자신 있게 스윙을 하는 사람이 그러지 못하는 사람에 비해 골프 실력이 빨리 느는 것을 나는 많이 목격했다.

그럼에도 나는 두려움이란 것이 우리 마음속에 없어서는 안 될 감정이라고도 생각한다. 두려움은 늘 불편하고 부정적인 것이라 치부되곤 하지만, 우리에게 도움이 되는 경우도 많다. 예를 들어 우리가 위험한 장소나 위험한 상황을 맞닥뜨리면 그것을 우선 피하려고 하는 것은 거기에 대한 두려움을 느끼기 때문 아닐까? 몸에 좋지 않은 음식은 가급적 피하고 먹는 양을 적당히 조절하는 이유 역시 우리가 건강을 잃을 수도 있다는 두려움을 갖고 있기 때문일 것이다. 이처럼 두려움은 어떤 위험으로부터 우리를 보호하는 중요한 역할을 하기도 한다.

나는 한동안 중독된 것처럼 콜라를 매일 마시던 적이 있었다. 또 튀긴 음식을 무척 좋아하기도 했다. 나는 지금도 호주의 국민 음식 중 하나인 피시앤칩스fish & chips를 콜라와 함께 먹고 싶을 때가 많다. 한국에 돌아와서는 프라이드치킨에 콜라를 먹고 싶은 유혹을 자주 느낀다. 치킨집 앞을 지날 때면 고소한 기름내를 맡으며 그곳을 한참 동안 서성이기도 한다. 하지만 내 건강을 해칠 수도 있다는 생각을 하며 끝내 포기할 때가 많다.

이런 종류의 두려움은 인간만 가지고 있는 것은 아니다. 짐승들도 자신의 안전을 해칠지 모르는 위험에 두려움을 느낀다. 상위 포식자가 접근하면 그렇지 못한 개체들은 그것에서 본능적인 두려움을 느끼고, 그 위험으로부터 자신을 보호하기 위해 몸을 숨기거나 멀리 달아나려고 노력한다.

인간과 짐승의 다른 점은 여기에 있다. 인간은 짐승과는 다르게 타인과 자아의 시선을 인식하기 때문에 생존을 위한 일차적 두려움과는 또 다른 종류의 두려움을 느낀다. 나는 이것을 이차적 두려움이라 부르고 싶다.

이 이차적 두려움이 성공적인 인생을 만들어가는 중요한

열쇠가 된다. 중요한 경기를 앞둔 어떤 프로선수가 피땀을 흘려가며 열심히 그 경기를 준비하는 것은 그 직업에 대한 열정 때문일 수도 있지만, 자신의 좋지 못한 경기력으로 인해 팀의 감독이나 동료 선수들, 혹은 팬들이 실망할 수도 있다는 두려움이 더 크게 작용했기 때문일 수도 있다. 우리가 오랜만에 골프 라운드 약속을 잡은 뒤 평소 하지 않던 연습에 불이 붙는 이유도 그날 당할지 모르는 망신에 대한 두려움과 관련이 있을 것이다.

이렇게 이차적 두려움은 우리가 어떤 목표를 이루어가는 과정에서 더욱 노력할 수 있도록 우리를 이끌어주는 매우 강한 동기로 작용한다.

내가 어렸을 때, 조부모님과 함께 살았던 시골은 공기가 맑고 항상 평화로운 곳이어서 내 안전과 건강을 위해서는 매우 적합한 공간이었다. 하지만 그 시절부터 나는 계속해서 그곳을 떠나 서울로 가기를 원했다. 성인이 되어서는 원했던 대로 어느 정도 서울에서 정착했지만, 얼마 지나지 않아 결국 다시 머나먼 타국으로 떠나기로 결심하고야 말았다. 그렇게 계속해서 또 다른 무언가를 찾아다니다가 결국 프로 골퍼가 되는 꿈을 꾸게 되었다.

시골의 한 작은 마을에서 출발해 서울을 거쳐 호주라는 거대한 땅덩어리 위에서 프로 골퍼라는 꿈을 갖기까지 나를 움직인 원동력은 '두려움'이라고 해도 과언이 아니다.

살기 좋은 시골이었지만 어렸을 적 그곳은 나의 선택이 아닌 부모의 이혼과 함께 어느 날 느닷없이 닥쳐온 현실이었다. 어린 나는 그곳에서 나의 미래를 위한 기회들이 제한되어 있다고 어렴풋이 느끼며 언젠가 그곳을 벗어나야만 한다고 생각하며 살았다.

나는 내가 하고 싶은 것이 무엇인지, 내가 잘할 수 있는 것이 무엇인지 찾아볼 기회조차 갖지 못한 채 인생이 끝나는 것이 너무도 두려웠다. 단 한 번밖에 주어지지 않은 바로 이 인생에서 말이다. 그렇기 때문에 나는 목표로 삼을 무엇인가를 발견할 때까지 매번 떠나는 삶을 살아왔다.

그러나 이런 이차적 두려움은 우리가 가진 실력을 충분히 발휘하지 못하게 하는 치명적인 원인이 되기도 한다.

KPGA 챔피언스투어 선수 선발전 2차 예선이 끝나고 2주 뒤, 본선 2라운드 경기가 시작되었다. 예선에서 내 경기력이 좋은 편이라고 느꼈기 때문에 본선을 시작하면서 결과에 대한 기대감이 생겼다. 내심 우승까지도 바라보고 있었다. 하지만 최고기온이 섭씨 6도도 넘지 않을 정도로 갑자기 싸늘해진 날씨 속에 열린 본선 2라운드에서 나는 고전을 면치 못했고, 각 라운드에서 3오버파와 4오버파를 기록하며 아쉬운 결과를 남겼다.

본선에 출전한 모든 선수는 순위에 따라 KPGA 챔피언스 투어를 위한 시드 번호를 받게 된다. 하지만 앞 순위의 번호가 아니면 우선순위에서 밀려 실질적으로 경기 출전이 어려워진다. 여러 가지 기술적으로 보완할 점이 있다고 느끼기도 했지만, 본선 성적이 좋지 못했던 가장 큰 이유는 나의 마음 자세에 있었다는 생각이 든다. 기대감이 컸던 만큼 결과에 대한 집착과 그로 인한 두려움 때문에 마음 편히 경기를 운영할 수 없었던 것이다.

본선 2라운드에서 마지막 9홀을 앞두고 있던 상황이 떠오른다. 8, 9번 홀쯤 이미 타수를 더 잃어 앞 순위의 시드 번호를 받을 수 없다는 사실을 받아들이면서 마음이 한결 편안해지며 경기력이 살아나기 시작했다고 느끼고 있었다. 그렇게 전반이 끝나고 잠시 휴식을 취할 수 있는 시간이 되었다. 그 휴식 시간 동안 한 동반자로부터 엄청난 무용담을 들었는데, 그가 전반에 7오버파를 치다가 후반에 9언더파를 쳐 프로 테스트에 통과했었다는 것이 그 무용담의 요지였다.

그런데 왜일까? 그 얘기를 듣고 난 뒤부터 다시 긴장감이 몰려오기 시작했다. 후반 9홀에서 네 타만 줄이면 상황을 반전시킬 수도 있겠다는 기대감이 들기 시작했고, 그 기대감은 스스로를 다시금 긴장시키고 있었다. 그렇게 시작된 마지막

9홀에서 나는 몇 번의 버디 기회를 빠르게 만들었지만 단 한 번의 원퍼트도 성공시키지 못했다. 다시금 느끼지만, 실전에서는 어떤 기대도 집착도 두려움도 다 내려놓아야 한다. 그때 그 순간에 내가 조금이라도 집착과 두려움을 내려놓았더라면 더 좋은 결과를 만들 수 있지 않았을까 하는 아쉬움이 지금도 깊이 남아 있다.

시골의 한 작은 마을에서 출발해
서울을 거쳐 호주라는 거대한 땅덩어리 위에서
프로 골퍼라는 꿈을 갖기까지
나를 움직인 원동력은 '두려움'이라고 해도
과언이 아니다.

PART 8

아름다운 소리는
힘이 빠진 자리에서 난다

나에게는 골프 못지않게 노력을 기울이는 취미가 하나 있다. 그것은 바로 색소폰 연주다. 원래는 노래하는 것을 좋아했는데, 어느 순간엔가 내가 가수가 될 만큼의 성대를 타고나지는 못했다는 것을 느끼게 되었다. 지금 생각해 보면, 내가 가진 목소리로 나만의 멋과 매력을 만들어 갈 수도 있었을 텐데, 고음을 쉽게 내는 몇몇 가수를 따라 하려다 자신감을 잃게 된 듯도 하다. 그 이후로 서서히 노래 대신 색소폰의 매력에 빠지기 시작했다.

나이가 들면서 조금씩 타인의 기준에 맞추기 위해 노력했던 과거를 후회하게 된다. 우리가 보편적이라고 느끼는 어떤 기준도 누군가의 편견에서 비롯된 것일 수 있기 때문에, 어느 분야에서건 정해진 기준이라는 것은 애초에 존재하지 않는지도 모른다. 인간은 누구도 완벽하지 않다.

사람의 성대 역할을 하는 것이 색소폰의 리드reed인데, 이

것은 보통 갈대를 얇게 깎아서 만든다. 이 리드는 성대처럼 타고나는 것이 아니기 때문에 색소폰은 누구에게나 공평하다. 성대가 상하면 노래를 잘할 수 없지만, 리드가 상하면 새 것으로 바꾸기만 하면 된다. 그리고 제아무리 좋은 리드라 할지라도 그것의 울림이 없다면 색소폰은 아름다운 소리를 낼 수 없다. 최선을 다하겠다는 마음에 리드를 있는 힘껏 꽉 물고 연주한다면 리드가 잘 울리지 못해 색소폰은 좋은 소리를 내지 못한다. 나는 이런 색소폰의 음색에 말로 형용할 수 없는 매력을 느낀다. 노래와는 조금 다른 방식이지만, 노래하는 것처럼 호흡을 잘 사용해야 하기 때문에 색소폰은 사람의 감정을 무척 잘 표현해 주기 때문이다.

관악기에 처음 매료된 것은 고등학생 시절이었다. 고등학생 시절 나는 같은 학교 밴드부 친구들을 부러워했다. 트럼펫이나 트롬본을 부는 친구들은 입술이 발갛게 부어 있기도 했는데, 나에게는 그 부어오른 입술조차 멋있어 보였다. 그랬던 그때의 그 마음이 분명 지금의 취미에 적잖이 영향을 끼쳤을 것이다.

20대 초반, 1994년 방영된 드라마 「사랑을 그대 품 안에」에서 당대 최고 섹시 아이콘이었던 차인표 씨가 색소폰을 연주하던 모습을 보고는 더욱 관심이 많아지던 차에, 마침 어머니가 나에게 필요한 것은 없는지 물으셨다. 어떤 이유였는지는 정확히 기억나지 않지만, 아마도 그 시기에 어머니에게 금전적인 여유가 조금 생겼던 것 같다. 그렇게 나는 어머니가 사 주신 색소폰으로 갓 성인이 된 나이에 색소폰을 시작하게 되었다.

♩

나는 한국에서 대학을 다닐 때 친구들을 잘 사귀지 못했다. 그렇다고 공부를 열심히 한 것도 아니어서 딱히 추억하거나 자부할 만한 일이 별로 없었다. 억지로라도 추억 비슷한 것을 하나 떠올려 본다면, 가끔 캠퍼스 안에서 재학 중 이미 유명해진 연극영화과 학생 몇을 마주치며 신기해하던 것정도. 그리고 당구장에서의 일화가 떠오른다.

대학 재학 시절 당구장에서 아르바이트를 하던 나는 틈틈이 당구 연습을 했기 때문에 또래에 비해 조금은 나은 실력을 갖고 있었다. 하지만 내기 당구를 치는 것은 상상 이상으로 긴장되는 일이었다. 돈이 없으면 당구를 안 치면 되는데, 그걸 알면서도 그때는 왜 그렇게 당구가 치고 싶었는지 모르겠다. 내기에 져서 당구비를 계산하면 한두 끼를 굶어야 할 수도 있는데, 참새가 방앗간을 그냥 못 지나치듯 나의 발걸음은 어딘가에 홀린 듯 당구장을 그냥 지나치지 못했다.

지금은 정말 어쩌다 한 번 지인들과 당구장에 간다. 기껏해야 1~2년에 한 번 정도. 그때처럼 당구비를 걱정할 상황이 아닌데도 나는 지금도 당구를 칠 때 자주 초초해지곤 한다. 그때의 기억이 내 몸 구석 어딘가에 남아 있어서 그런 듯하다.

당구비 걱정을 하던 그 시절, 나는 늘 어둡게 굳은 표정을 짓고 있었다. 또 어깨에는 괜히 잔뜩 힘을 주고 다니기도 했다. 돌이켜 보면 사춘기 시절부터 나는 우리 집에 무슨 일이 있었는지, 내가 왜 부모 없이 할머니 할아버지와 살고 있는지 하는 것들을 내심 감추고 싶었다. 그런데 상경해서 대학을 다니다 보니 감춰야 할 게 더 많아졌다. 내가 시골 출신 가난한 자취생인 사실 역시 굳이 다른 사람들에게 알리고 싶지 않았다. 자존감이 한껏 낮았던 나는 얼굴이며 어깨며 팔다리에 힘을 잔뜩 주는 방식으로 나를 숨기려 했던 것이다.

그 시절 나는 누군가가 나에게 따뜻하게 다가와 주기를 간절히 바랐던 것 같다. 하지만 지금의 내가 바라본 그때의 나는 안타깝게도 말 한마디 건네기에도 부담스러운 인물이었다. 나는 그저 만화방의 고요한 구석 자리에 홀로 앉아 고행석의 『불청객』 시리즈를 보는 걸 좋아하던 외로운 청춘이었다.

어렸을 적부터 사람들 앞에서 실수하는 것을 싫어했던 나는 '뭐든 잘한다', '못하는 게 없다'는 말을 듣는 걸 좋아했고, 실제로 많이 듣기도 했다. 그것은 결과적으로 나를 강하고 빈틈없는 사람처럼 보이게 만들었을지도 모른다. 실제로는 많이 부족하지만, 내가 강하고 빈틈없는 사람이 되었다 한들 과연 나는 나에게, 그리고 가족에게 조금이라도 따뜻한 사람, 조금의 향기라도 나는 사람이었을까? 나는 혼자의 의지만으로 아무런 소리도 내지 못할 정도로 나와 내 가족을 세게 옥죄고 있었던 건 아닐까?

몇 년 전 봉사활동을 하기 위해 가족과 함께 필리핀에서 1년 가까이 지낸 적이 있다. 그때는 좋은 선택을 했다고 믿었지만, 지금 생각해 보면 결과적으로 그것은 좋은 선택이 아니었다. 필리핀에 있는 동안 우리 가족은 무척 힘들었다. 아니다. 그곳에 있는 동안 나는 우리 가족을 매우 힘들게 했다. 필리핀에 처음 도착한 뒤 임시숙소에서 며칠 머물다가 우리가 지낼 집으로 들어가게 됐는데, 그날 첫째 해성이의 모습이 지금도 잊히지 않는다. 해성이는 좁은 거실에 놓여 있는 낡은 소파에 앉아 소리도 내지 않고 눈물을 흘리고 있었다. 나는 지금까지도 내 주변의 누군가가 그 정도로 많은 눈물을 소리도 없이 쏟아내는 것을 본 일이 없다.

한창 감수성 예민한 중3 나이에 친구들 곁을 떠나 단 며칠 만에 너무나 초라해져 버린 자신의 거처를 보면서 만감이 교차했을 것이다. 온수 샤워 시설이 없던 그곳에서 내 아이들은 오랜 기간 바가지로 찬물 샤워를 하며 지내야 했다. 싫은 일에도 웬만하면 부모의 말을 잘 따르던 아이였지만, 차를 타고 이동할 때면 옆자리에 앉은 해성이는 중얼중얼 뭔가 알아듣기 힘든 혼잣말을 하기도 했다. 차 안에 나란히 앉아 이동하는 시간이 속상한 자신의 마음을 표현할 수 있는 몇 안 되는 기회라고 생각했겠지. 그중 내가 유일하게 알아들었던 한마디가 아직도 기억난다. "날 여기에 왜 데려왔어."

나는 필리핀에 오게 된 이유인 구제와 봉사라는 그럴싸한 포장지 속에 나와 가족을 가두고 그 삶을 희생시키고 있었던 것이다. 아이러니하게도, 타인을 돕고자 들어간 필리핀에서 결국 나는 가족의 중요함과 나 자신의 책임감에 대해 깨달을 수 있었다.

♪

내가 필리핀에 가기로 결심한 직접적인 계기는 한 미국인 선교사와의 만남 때문이었다. 그는 가족과 필리핀의 한 섬마을에서 주민들을 돕고 있었다. 그 섬에 거주하는 사람 대부분은 어업으로 생계를 유지하고 있었는데, 그들은 물속에 다

이너마이트를 터뜨리는 방식으로 고기를 잡는다고 했다. 다
이너마이트가 터지면서 어린 물고기들과 산호초까지 다 희
생되어 물고기 개체수가 계속 줄어들었고, 그렇게 그 섬마을
은 위기에 봉착하고 말았다 했다.

그 선교사는 필리핀 정부와 함께 보호구역을 정해 산호초
를 보호하고 재생시키는 일과 마을 사람들이 친환경적으로
어업 활동을 할 수 있도록 돕는 일을 하고 있었다. 나는 그가
하는 일에 큰 감명을 받았고, 나 역시 그처럼 어려운 사람들
을 도와야겠다는 강한 열의를 품게 되었다.

필리핀으로 건너가 내가 주로 했던 일은 한 학교에서 체육
교사로 봉사하는 것이었다. 60여 년 전 세계 각국에서 온 선
교사들의 자녀를 교육하기 위해 미국인이 세운 학교라 했고,
대략 600명의 학생이 그 학교에 재학 중이라 했다. 그곳에서
나는 축구팀을 지도하기도 했다. 내가 맡은 남자 축구 B팀은
주로 저학년이거나 A팀에 뽑히지 못한 아이들로 구성돼 있
었다. 나는 유튜브를 통해 훈련 자료를 모았고, 나름 아이들
을 열심히 가르쳤다.

우리 팀은 그 지역의 여러 학교와 경기를 했는데, 단 한 경기를 제외한 모든 경기에서 패배했다. 하지만 지금도 나는 단 한 번 이긴 경기보다 가장 큰 점수 차로 진 시즌 마지막 경기를 훨씬 더 선명하게 기억한다. 전반전 스코어는 8 대 0. 한 골이라도 넣어보려고 끝까지 분투했던 후반전 스코어는 7 대 0. 도합 15 대 0으로 우리 팀은 시즌 마지막 경기에서 대패했다.

경기가 끝난 뒤 나는 아이들을 모아 놓고 "우리는 발전하고 있어! 전반에는 8골을 먹었는데 후반에는 한 골 덜 먹었잖아!" 하고 소리쳤다. 대패 후 풀 죽어 있던 아이들은 내 이야기를 듣고는 갑자기 소리를 지르기 시작했고, 어둡게 찡그리고 있던 아이들의 표정도 이내 환하게 변하기 시작했다. 우리는 꼴찌 성적을 거두었음에도 불구하고 훈훈하게 시즌을 마무리할 수 있었다. 해성이도 그 팀에 소속돼 있었다. 지금의 해성이는 그때를 어떻게 기억하고 있는지 이 기회에 한번 물어봐야겠다.

필리핀에 도착한 지 1년이 되어 갈 무렵, 우리 가족은 전혀 예상치 못한 이유로 호주로 돌아오게 되었다. 둘째 하은이가 필리핀 학교 같은 반의 여러 아이에게 괴롭힘을 당하는 일이 발생했다. 이 일은 학교에 의해 왕따 사건으로 규정된 뒤 오히려 더 심각해졌다. 하은이는 더 이상 학교에 가기를 원하지 않았다. 하은이를 보낼 수 있는 다른 학교를 찾기 힘들었고, 그렇게 하고 싶지도 않았기 때문에 우리 가족은 결국 호주로 돌아오게 되었다.

아픈 기억일 수도 있지만, 나는 결국 이 일이 우리에게 축복이 되어 돌아왔다고 본다. 하은이는 그때 아이들에게 찐따라는 말을 들었다. 호주에서 자란 하은이는 처음에는 그 말이 무슨 뜻인지 몰랐다고 했다. 아이들에게 놀림을 받기 싫어서 하은이는 그때부터 열심히 공부를 하기 시작했다. 새벽부터 스스로 일어나 공부하는 습관은 호주에 와서도 이어졌다. 그 결과 지금 하은이는 법대에 다니고 있다.

⛳

골프에서건 인생에서건 가장 중요한 덕목 중 하나가 바로 힘 빼기다. 중요한 선택의 순간이나 인생의 변곡점에서 아등바등 힘을 주었을 때보다 뭔가 다 내려놓은 것처럼 힘을 뺐을 때 그 일은 더 옳은 방향으로, 즉 순리대로 풀리기 마련이다.

내가 내려놓아야 했던 것은 삶의 무게가 아니었다. 인생에서 내가 내려놓아야 했던 것은 헛된 욕망이었다. 필리핀에서 호주로 돌아온 뒤 아내는 곧장 유치원에 취직했다. 호주에서 유아교육을 전공했지만 영어에 자신이 없어 졸업 후 취직은 시도도 해 보지 않았던 아내였다. 하지만 필리핀 생활 이후 우리 가족에게 남은 돈이 거의 없다는 사실을 안 아내에게 두려움 같은 건 안중에 없었다.

그런 뒤 1년 가까운 시간 동안 아내의 월급은 우리 가족을 지탱하는 중요한 수입원이 되었다. 그 기간 동안 나는 집안 살림의 책임자가 되었다. 아침마다 나는 아내와 아이 셋을 위해 도시락을 준비했다. 그때 같은 반 친구들에게 부러움을 사기도 한 아빠표 수제 햄버거를 우리 아이들이 오래 기억해 주지 않을까 하는 생각도 든다.

그 1년 사이, 나는 우리 가족이 일터와 학교에 있는 시간 동안 틈틈이 골프 레슨도 하며 골프 유튜브 채널을 운영하기 시작했다. 뭔가 거창하고도 원대하게 잔뜩 힘을 주고 있던 것들을 홀가분하게 내려놓고, 작지만 따뜻한 보금자리로 돌아와 시작한 유튜브 채널이 이렇게까지 나와 내 가족의 삶을 바꿔놓을 줄은 상상도 하지 못했다.

색소폰 연주를 잘하기 위해서는 자연스러운 리드의 울림을 방해할 만큼 꽉 무는 이의 힘을 빼야 하지만, 공기가 새어 나가지 않을 만큼의 입술 모으는 힘은 꼭 필요하다. 이 입술의 힘이 너무 빠져버리면 음정이 떨어져 좋은 연주를 할 수 없다.

골프를 치면서도 나는 빼야 할 힘과 필요한 힘을 구분하기까지 상당한 시간이 필요했다. 내가 싱글 핸디캡 골퍼였을 때, 스윙에 있어서 '힘을 뺀다'는 것의 의미를 스스로 깨달은 순간이 있었다. 어느 날 온몸에 힘을 쭉 빼고 여유 있는 리듬으로 부드럽게 스윙을 해봤는데, 스윙이 한결편안해지고 클럽헤드의 무게도 전과 다르게 확연히 느낄 수 있었다.

이거다! 하는 순간이 나에게도 찾아온 것이었다. 이제 이렇게만 골프를 치면 머잖아 창창한 미래가 열릴 것 같았다. 다음 경기가 너무 기대돼 기다리기 힘들 지경이었다. 하지만 그날 이후 예상과는 전혀 다르게 골프가 점점 미궁 속으로 빠져들기 시작했다. 왠지 모르게 비거리가 조금씩 줄어들었고 결국 일관성도 무너져 버렸다.

골프에서 힘을 뺀다는 것은 부드럽고 빠른 스윙을 위한 덕목이다. 잔뜩 힘을 줄수록 스윙 스피드는 떨어지기 마련이다. 그러나 마냥 힘을 빼기만 하면 제대로 된 스윙이 이루어질 수 없다. 바른 자세를 유지하며 좋은 궤도로 클럽헤드를 빠르게 움직이기 위해서는 필요한 근육을 잘 사용해야 한다. 당연한 이야기겠지만, 이러한 부분을 고려하며 이상적인 스윙을 유지하기 위해 끊임없이 노력해야 한다. 마찬가지로, 끊임없는 노력 없이는 이상적인 삶이 우리에게 쉽게 다가와 주지 않을 것이다.

나는 우리의 삶도 골프스윙과 많이 닮아 있다고 생각한다. 인생에서 힘을 뺀다는 것은 너무나 중요한 덕목이지만, 빼야 할 힘과 필요한 힘을 구분하지 못하고 무작정 힘을 빼기만 한다면 인생은 우리가 계획한 대로 바르게 나아가지 못할 것이다. 스스로의 삶을 더욱 무겁게 만들고 타인과의 관계마저도 해치는 헛된 힘은 과감하게 내려놓는 용기가 필요하다.

골프에서건 인생에서건 가장 중요한
덕목 중 하나가 바로 힘 빼기다. 중요한 선택의
순간이나 인생의 변곡점에서 아등바등 힘을
주었을 때보다 뭔가 다 내려놓은 것처럼
힘을 뺐을 때 그 일은 더 옳은 방향으로,
즉 순리대로 풀리기 마련이다.

PART 9

어떤 동반자를 만날지보다
내가 어떤 동반자인지를
생각하자

내가 인상 깊게 본 영화 중 2001년 개봉했던 톰 행크스 주연의 영화 「캐스트 어웨이Cast Away」가 있다. 촬영을 위해 무리한 체중 감량까지도 불사한 톰 행크스의 연기는, 무인도에 고립된 인간이 마주한 현실을 우리에게 사실적으로 보여주기에 부족함이 없었다. 영화 속에서 생존을 위해 기초적인 안전과 식량을 확보하는 것이 주인공에게는 시급한 문제였겠지만, 사실 이런 것은 시간이 지남에 따라 점차 해결해 나갈 수 있는 문제라고 생각된다.

그렇다면 영화 속 주인공이 목숨을 걸고서라도 무인도를 떠나려 했던 이유는 무엇이었을까? 그것은 결국 사회와의 단절, 즉 외로움 때문이었을 것이다. 사람이 사람 사이의 관계를 완전하게 떠나서 삶을 영위할 수 있을까? 그건 불가능에 가까운 일일 것이다. 인간관계가 완벽하게 단절된 그곳에서 주인공이 가장 사랑했던 존재는 윌슨이었다. 대답 없는 배구공 윌슨에게 계속 말을 걸면서 그는 간신히 외로움을 버틴다.

심지어 뗏목을 만들어 무인도에서 탈출하면서 그는 무엇보다도 윌슨을 먼저 챙긴다. 안타깝게도 망망대해에서 둘은 이별을 하고 말지만 말이다. 「캐스트 어웨이」에서 나는 이 장면이 가장 기억에 남는다. 살아 움직이는 생물이 아니더라도 척 놀런드는 윌슨을 진정한 친구로 생각했다. 극한의 외로움을 버틸 수 있게 도와준 친구. 휘몰아치는 폭풍에 의식을 잃었던 척이 다시 깨어났을 때에도 그는 먼저 윌슨이 잘 있는지부터 확인한다. 하지만 뗏목에서 떨어진 윌슨은 점점 멀어져 가고 있었다. 척은 윌슨을 구하기 위해 남은 힘을 다 쏟아보지만 결국 윌슨에게 닿지 못한다. 그는 친구를 떠나보내며 울부짖는다. 미안해 윌슨! 미안해 윌슨! 결국 윌슨을 잃은 척은 깊은 슬픔에 빠져 목 놓아 울다가 삶의 의지를 다 잃은 듯 노를 놓아버린다.

사람은 혼자 살아갈 수 없다. 한 개인의 존재 가치는 사회와 사람 간의 관계 속에서 그 진가를 나타낸다고 나는 믿는다. 그래서 나는 생각한다. 오로지 나로서 어딘가 안전한 곳을 찾아 그곳에 서 있기보다는 동반자들과 함께, 그리고 나역시 그들의 기꺼운 동반자가 되어 함께 행복과 존재의 가치를 발견해 가고 싶다고.

나이가 들수록 내 안에 나도 모르게 자라버린 편견들을 보게 된다. 인생이 외로운 이유는 이 편견 때문이 아닐까? 동반자를 만난다는 것, 누군가를 사랑한다는 것. 이것만큼 어려운 일이 또 있을까? 어쩌면 그것은 편견을 버리는 일로부터 시작되어야 하지 않을까 생각해 본다.

호주에서 골프를 치면서 나는 참 다양한 인종에 다양한 성격을 가진 동반자들을 만났다. 한번은 동유럽에서 온 듯한, 나보다 훨씬 나이가 많아 보이던 한 남성과 라운드를 한 적이 있다. 그는 화가 무척 많아 보였다. 그는 자신이 실수를 할 때마다 크게 소리치며 상한 감정을 표출했다. 그때만 해도 그런 광경을 보는 게 나로서는 흔한 경험이 아니어서 나는 그가 조금은 불편한 동반자라는 생각이 들었다. 항상 참는 것이, 숨기는 것이 미덕이라고 여겨왔던 나는 그의 다소 강렬한 감정 표현을 볼 때마다 흠칫흠칫 놀랄 수밖에 없었다.

그런데 몇 홀이 지난 뒤 그가 나에게 다가와서는 내가 왜 내 실수에 화를 내지 않는지 묻는 것이었다. 의외로 표정이 매우 해맑아 보였다. 그러고는 한국 사람들은 화가 나면 어떤 욕을 하는지도 물었다. 어떤 뜻을 담고 있는지 알 길 없는 다른 나라 사람에게 욕설을 알려주는 것은 쉽지만은 않은 일이었다. 그 뒤부터 그는 실수를 할 때마다 큰소리로 한국식 욕을 하기 시작했다. 그 모습을 보자 웃음을 참기가 어려웠다.

나는 그의 모습을 보면서, 잦은 감정 표출이 꼭 화가 많음을 의미하는 게 아닐 수도 있다고 어렴풋이 깨달았다. 1번 홀부터 18번 홀까지 긴장감으로 점철된 경쟁적 라운드가 아닌, 부드럽고 유연한 분위기의 라운드를 만들 수도 있다는 것을 나는 어설픈 한국식 욕설을 들으며 새삼 깨달은 것이다.

라운드 내내 감정을 숨겨야 하는 골프 규칙 같은 게 있었나 싶을 정도로 내가 너무 한 지점에 생각이 매여 있었던 것은 아닌가 싶었다. 더불어 그전과는 전혀 다른 생각이 들기도 했다. 감정을 즉각적으로 표현하는 것이 꼭 불쾌한 일만은 아님을. 그리고 그 표출된 화가 오히려 솔직하고 투명한 분위기를 만들어낼 수도 있음을. 나는 동유럽식 욕설과 한국식 욕설 사이에서 예상과는 다른 동반자의 티 없이 맑은 면모를 발견했고, 그 라운드는 결국 즐겁게 마무리됐다.

내 경험상으로 대부분의 한국 사람은 자신의 화난 모습을 주변 사람에게 보이는 것을 꺼리는 것 같다. 내가 본 호주 사람들 역시 주변 사람에게 불편을 줄 만한 말과 행동을 상당히 자제한다고 느꼈다. 특히 호주의 부모들이 식당에서 자신의 아이가 옆 테이블에 불편을 끼칠 만한 행동을 하면 꽤 엄하게 훈육하는 모습을 자주 볼 수 있다.

프로로 전향하기 전, 클럽 챔피언 결승전에서 경쟁자로 만난 한 중년 남성 골퍼 역시 기억에 많이 남는다. 결승전이어서 우리 조에서는 그와 나 두 사람만 경기를 진행하고 있었다. 클럽에서는 이 결승전에 초점을 맞춰 티오프 시간을 조정해 놓았기 때문에 앞뒤 조 사람들을 마주칠 일도 없었다. 더욱이 결승전의 경기 방식이 매치플레이여서 나는 한 명뿐

나이가 들수록 내 안에 나도 모르게
자라버린 편견들을 보게 된다.
인생이 외로운 이유는 이 편견 때문이 아닐까?
동반자를 만난다는 것, 누군가를 사랑한다는 것.
이것만큼 어려운 일이 또 있을까?
어쩌면 그것은 편견을 버리는 일로부터
시작되어야 하지 않을까 생각해 본다.

인 경쟁자의 상황을 의식하며 조마조마한 마음으로 플레이를 해야 했다. 하지만 다행히도 몇 홀을 지나면서 경기에 임하는 그의 태도와 표정은 물론, 홀과 홀 사이 함께 걷는 동안의 짧은 몇 마디 대화를 통해 그가 아주 매너 좋은 사람이라는 것을 알게 되었다. 그리하여 얼마간 마음을 놓고 내 플레이에 집중할 수 있었다.

팽팽했던 경기는 막바지에야 이르러서야 승부가 갈렸다. 17번 홀. 그리 가깝지 않은 거리에서 버디 찬스를 잡은 나는 원퍼트를 성공시키며 한 홀을 앞서기 시작했다. 성공 확률이 높은 거리가 아니었기 때문에 어느 정도 운이 따른 퍼트였다. 그리고 마지막 18번 홀. 나와 경쟁자는 나란히 파를 기록했고, 그 결승전은 그렇게 나의 승리로 마무리됐다.

아주 아슬아슬한 경기였고, 마지막 17, 18번 홀에 와서야 승부가 갈렸기 때문에 패배한 사람의 아쉬움은 어느 때보다도 클 수밖에 없는 상황이었다. 그런 상황을 서로 이해하고 있었기 때문에 그가 나에게 짧은 인사를 건네고 재빨리 그 자리를 떠났어도 나는 충분히 이해할 수 있었을 것이다. 하지만 그는 경기 후 축하의 악수를 빨리 끝낼 생각이 없었다. 그는 나에게 여러 칭찬의 말을 진지하게 전해주었다. 그러고는 나만 괜찮다면 클럽하우스에서 맥주를 한잔 사고 싶다고도 했다.

클럽하우스에서 다시 만난 그에게서 패자의 아쉬움은 조금도 느낄 수 없었다. 오히려 그는 여유롭고 따뜻한 사람의 향기를 한껏 풍기고 있었다. 잠깐 동안이었지만 그와의 만남은 기분 좋은 기억으로 남아 있다.

우리는 살아가면서 만나는 수많은 사람과 서로 여러 영향을 주고받는다. 긴 인생에 비하면 매우 짧은 찰나의 순간이겠지만, 몇 시간짜리 골프 경기에서도 어떤 동반자를 만나는가에 따라 그날의 결과도 충분히 달라질 수 있다. 그래서 내가 어떤 동반자를 만나는지도, 그리고 내가 어떤 동반자인지도 무척 중요하다는 생각이 든다.

우리가 누구를 만나지는지도 중요하지만, 일단 만난 사람과 그 관계를 얼마나 잘 유지하는가 역시 그에 못지않게 중요한 일일 것이다. 내가 좋아하면서도 부러워하는 사람은 대체로 관계를 지속적으로 소중하게 대할 줄 아는 사람이었다. 그중에 주현이가 있었다. 주현이는 호주에서까지 관계를 지속하고 있는 나의 가장 오래되고 절친한 친구다.

어릴 적 주현이네 집이 우리 할아버지 집과 담을 맞대고 있었기 때문에, 방학 동안 할아버지 댁에 머물 때면 나는 주현이와 매일 만나 함께 놀았다. 초등학교 고학년이 되어 할아버지 댁에 살게 되면서부터는 주현이와 떼려야 뗄 수 없는 친구 사이가 되었다. 그렇게 우리는 40년이 넘는 세월 동안 가족 같은 사이로 지내고 있다.

유튜브를 시작하고 얼마 지나지 않았을 때, 10년 전 협찬받은 골프채로 스윙 시범을 보이며 영상을 찍던 내가 안쓰러웠던지, 주현이는 나에게 많은 프로가 사용하는 T사의 고가 골프채 세트를 선물해 주기도 했다.

주현이는 호주에서 빌딩에 필요한 소모품들을 납품하는 일을 하고 있다. 처음에는 작게 사업을 시작했는데, 10년이 지난 지금은 꽤 큰 전시장과 물류창고를 갖춘 대형 사업체로 성장했다. 이러한 사업 성공은 주현이 혼자서 이루어낸 것이 아니었다. 그에게는 처음부터 함께한 사업 파트너 철호가 있었다.

나는 주현이와 철호의 관계가 늘 부러웠다. 서로 의지하며 협력하는 모습이 너무나 보기 좋은 친구들이었다. 주현이는 꼼꼼하고 신중해 고객 관리에 장점이 있었고, 철호는 어릴 때부터 외국 생활을 시작해서 영어에 능통하고 기획력과 영업력이 뛰어났다. 이렇게 두 사람의 뚜렷한 장점에서 나오는 시너지도 시너지겠지만, 나는 그들의 성공에는 더 중요한 비결이 숨어 있다고 생각한다. 그것은 바로 그들의 '좋은 관계'다. 10년도 넘는 세월 동안 주현이와 철호는 한순간도 예외 없이 좋은 관계를 유지하고 있다. 둘뿐만 아니라 가족끼리도 사이가 좋아 자주 만나면서 늘 한식구처럼 지내고 있다. 나는 지금도 이들의 좋은 관계를 본받고자 노력하고 있다.

⛳

내 유튜브 채널에서 '아내에게 하는 골프 레슨' 시리즈를 업로드하기 시작한 뒤로 구독자 수가 많이 늘어나면서 이런 질문을 하는 사람들이 많아졌다. "영상 속에서 보이는 만큼 프로님과 아내분의 관계가 실제로도 그렇게 좋은가요?" 혹은 "영상처럼 프로님은 아내분에게 한결같이 상냥하고 친절한가요?" 같은 질문 말이다.

언제나 처음처럼 변함없이 좋은 관계를 유지하며 살아가는 부부가 있을까? 만약 있다면 나도 그 비결을 전수받고 싶다. 나는 아내에게 항상 친절하고 따뜻한 남편은 아닌 것 같다. 아내와 나는 전혀 다른 삶의 배경을 가지고 있고, 그로 인해 서로 다른 개성과 성향을 가지고 있다. 아내도 마찬가지겠지만, 나 역시 종종 아내의 이해하기 어려운 점을 발견하기도 한다. 그래도 우리는 비교적 잘 지내는 부부라고 느낀다. 그것은 아내와 나 둘 다 '관계'의 중요성을 늘 염두에 두고 노력하며 살고 있기 때문일 것이다. 건강한 몸을 만들기 위해 많은 시간과 노력이 필요한 것처럼, 건강한 관계를 위해서도 각고의 노력과 시간이 필요하다는 점을 잊지 않으려 한다.

우리는 살아가면서 만나는 수많은 사람과
서로 여러 영향을 주고받는다.
긴 인생에 비하면 매우 짧은 찰나의
순간이겠지만, 몇 시간짜리 골프 경기에서도
어떤 동반자를 만나는가에 따라 그날의 결과도
충분히 달라질 수 있다.

PART 10

행복은
관계에서 시작한다

호주 브리즈번에 처음 도착했을 때가 생각난다. 그곳은 우리 부부의 신혼여행지였던 싱가포르 다음으로 온 두 번째 외국이었다. 나무와 잔디가 많아 주변이 온통 초록빛이었고 거기에 청명한 하늘빛까지……. 브리즈번의 첫인상은 우리 부부를 설레게 하기에 충분했다.

브리즈번의 도시 구조는 서울과는 많이 다른 느낌이었다. 흔히 '더 시티The City'라 불리는 여의도만 한 넓이의 시내에서만 고층 빌딩들을 볼 수 있고, 다른 지역들은 대부분 단층 혹은 두 층짜리 주택과 자연이 어우러진 주거지였다.

브리즈번 시내 한복판에는 나같이 형편이 넉넉하지 않은 유학생들의 만남의 광장 격인 햄버거 가게 헝그리 잭스Hungry Jack's가 있다. 헝그리 잭스는 우리나라에서도 쉽게 갈 수 있는 버거킹의 호주 이름이다. 미국의 버거킹이 프랜차이즈로 호주에 들어갈 때 이미 같은 이름의 상표가 등록되어 있어 이름의 권리를 얻지 못했고, 어쩔 수 없이 헝그리 잭스로 프랜차이즈가 입점됐다고 했다.

이름을 잃은 배고픈 잭. 낯선 곳에 첫발을 내디딘 내 모습이 잭과 많이 닮았다고 나는 그때 생각했었다. 아내와 나는 집에서 제법 떨어진 시내에 갈 일이 있을 때면 배고픈 잭이 되어서 그곳에 자주 들르곤 했다.

브리즈번에 처음 도착한 뒤 우리는 시내에서 버스로 30분 정도 떨어진 켄모어Kenmore라는 곳에 정착하게 됐다. 나는 난생처음 잔디 정원이 있는 집에서 살게 됐는데, 이는 집세가 한국과는 차원이 달랐기 때문에 가능한 일이었다. 정원이 있는 집의 삶은 기쁨이기도 했지만, 가드닝gardening이라는 전에 없던 귀찮은 노동이 필수 불가결하게 뒤따르는 삶이기도 했다.

브리즈번은 평화로우면서 그만큼 지루한 곳이기도 했다. 해가 지기 전에 식당이나 상점이 대부분 문을 닫았기 때문에 저녁이 되면 주변은 온통 적막과 어둠뿐이었다. 그러다 보니 한국에서 밤늦은 시간이 돼서야 잠들기 일쑤였던 나도 일찍 자고 일찍 일어나는 생활 패턴에 익숙해져야만 했다.

호주 생활의 초창기에 잠깐 낚시에 관심을 가진 적이 있었다. 호주는 아주 거대하긴 해도 사면이 모두 바다로 둘러싸여 있는 섬이었고, 자연환경이 잘 보존돼 있는 데다가 면적에 비해 인구가 많지 않기 때문에 마음만 먹으면 커다란 물고기를 쉽게 잡을 수 있으리라 기대했던 것이다. 하지만 낚시 경험도 많지 않고 준비한 장비 또한 허술하기 그지없는 가난한 유학생에게 물고기가 쉽게 잡혀줄 리 만무했다. 물고기 잡는 것이 쉽지 않은 일임을 깨달은 나는, 아내와 함께 머드크랩mud crab(민물게) 잡이에 도전하기로 했다.

평소 우리가 잘 먹지 않는 생닭의 목 부위를 미끼로 만들어 통발에 집어넣은 뒤, 그것을 가져다가 브리즈번강의 한 구석에 던져 넣었다. 몇 시간이 흐른 뒤 돌아와 기대 반 걱정 반의 마음으로 조심스레 통발을 들어 올렸다. 통발은 예상과 달리 매우 묵직했다. 기대에 찬 나는 더욱 조심스럽게 통발을 천천히 들어 올렸다. 조금씩 수면으로 떠오르며 통발이 보이기 시작했다. 통발은 시커멓게 머드크랩으로 가득 차 있었다. 처음 보는 광경이었고, 우리는 흥분을 감출 수 없었다.

넘쳐나는 머드크랩을 우리는 쪄 먹기도 하고 찌개로 끓이고도 하면서 며칠 동안 끼니때마다 풍요로운 게 파티를 벌였다. 하지만 한 가지 식재료가 반복되는 식사는 그리 오래갈 수 없었다. 슬슬 게잡이도 귀찮아졌고, 어느 순간 게 냄새에도 물려 더 이상 머드크랩을 잡지 않게 됐다.

⚓

이런 일 저런 일 겪으며 강산이 두 번이나 변할 20년 넘는 세월 동안 호주에서 아이들을 낳아 길렀고, 이렇게 우리 가족은 다섯이 되었다. 그러는 사이 아내는 인생 절반 이상을 호주에서 산 어엿한 이민자가 돼 있었다. 이제 아내에게는 한국에서보다 호주에서의 추억이 더 많이 있는 것 같기도 하다. 하지만 나는 아내와는 다르게 언젠가 다시 돌아가 한국에 안착하겠다는 희망을 늘 품고 있었다.

우리는 호주에서 천혜의 자연이 선사한 맑은 공기를 마시며 보다 안정된 생활을 영위할 수 있었다. 하지만 모든 것이 완벽할 수는 없는 노릇이다. 무엇보다도 언어와 문화에 대한 한계는 시간이 지나도 쉽게 극복할 수 없었다. 이런 한계 때문에 나 스스로 호주 사회에 속해 있다는 느낌을 갖기 힘들었고, 내가 태어나서 20대 후반까지 살아왔던 한국에 대한 기억은 더욱 쉽게 지워질 수 없는 것이 되었다.

나와 상황이 비슷한 이민 1세대들은 호주 자체 사회 활동보다는 현지 교민들 간의 유대감을 기반으로 한 활동에 더 큰 비중을 두고 살아가는 경우가 많다고 느껴진다. 한국과 호주가 국가대표 축구 경기를 하게 되면 이민 1세대들이 한자리에 모여 당연스럽게 한국을 응원하는 것이 대표적인 사례일 것이다.

나는 지금 한국에서 지내고 있지만, 아직도 여러 곳에서 혼란을 겪을 때가 많다. 우선, 운전할 때 주행 방향과 운전석의 위치가 호주와 다르기 때문에 다른 사람들에 비해 더 집중해야 한다. 가끔 카페에 앉아 시간을 보낼 때면 주위 사람들의 대화 소리에 '어, 한국말이 들리네' 하며 반가운 마음에 돌아볼 때가 있다. 그러고는 한국 사람들로 가득 차 있는 카페를 둘러보며 '아, 나 지금 한국에 있지' 하며 헛웃음을 짓게 된다.

내 아이들처럼 이민 1세대의 자녀를 이민 2세대라 부르는데, 이들 대부분은 사춘기를 지나며 꽤 심각할 정도로 정체성의 혼란을 겪는다. 이민 2세대들은 코리안 오스트레일리안Korean Australian이라 불리며 한국인과 호주인이라는 두 개의 정체성을 지니게 되어 글로벌한 현대 트렌드에 매우 유리한 측면을 갖게 될 거라며 긍정적으로 바라보는 시각도 많다. 이런 해석이 꼭 잘못된 것은 아니겠지만, 이것은 100퍼센트 한국인도 100퍼센트 호주인도 될 수 없다는 부정적인 해석으로 그들 스스로 자괴감에 빠지게 하는 원인이 될 수도 있다는 점을 간과해서는 안 된다. 나는 내 세 아이가 정체성의 혼란을 겪지 않고 스스로 한국인이라는 군건한 정체성을 지닌 채 한국 땅에서 살아가면 좋겠다는 바람을 갖고 있다.

아이들이 어느 정도 성장했기 때문에 학업 과정에 있는 아이들은 호주에 두고 재작년부터 나는 아내와 함께 호주보다 한국에서 더 많은 시간 머물고 있다. 유튜브 채널 덕분에 한국에서 방송 출연도 하며 제법 바쁘게 지내고 있다. 호주 PGA 프로 골퍼로서, 그리고 구독자 수가 50만 명이 넘는 골프 유튜버로서 한국에 돌아와 지내다 보니 여기에서 내가 무척 할 일이 많은 사람처럼 느껴지기도 한다. 이것은 호주에서 지낸 오랜 기간 동안 전혀 느낄 수 없었던 감정이다.

하지만 새롭게 시작된 한국 생활이 아무리 긍정적이라 해도 아이들과 떨어져 지내는 것은 힘든 일이었다. 대다수의 부모가 그렇듯 나 역시 내 아이들에 대한 걱정을 하루도 멈출 수가 없는 것이다. 호주에 자주 건너가긴 하지만 다시금 헤어지는 것은 언제나 마음 아픈 일이다. 그러나 이제는 모든 과정이 우리 가족을 더 앞으로 나아가게 한다는 사실을 나는 알고 있다. 아이들은 아이들의 삶 그대로, 아내와 나 역시 우리의 삶 그대로. 서로가 서로의 위치를 받아들이면서 가끔은 아쉬워하거나 그리워할 수 있는 순간조차 삶에서 소중한 순간이라고 생각한다.

아이들은 아이들의 삶 그대로,
아내와 나 역시 우리의 삶 그대로.
서로가 서로의 위치를 받아들이면서 가끔은
아쉬워하거나 그리워할 수 있는 순간조차 삶에서
소중한 순간이라고 생각한다.

지난겨울, 방학과 동시에 아이들은 우리 부부를 만나기 위해 한국에 왔었다. 아이들에게는 두 번째 고국 방문이었다. 거대한 인천공항을 이리저리 헤매면서 서로 여러 번 엇갈린 끝에 우리 가족은 겨우 만날 수 있었다. 때아닌 우여곡절로 배가 더욱 고파진 아이들을 필두로 하여 우리 가족은 숯불갈빗집을 찾았다. 두툼하게 기름진 삼겹살과 돼지갈비를 구워 먹으면서 그동안 나누지 못했던 이야기들을 정답게 나눴다. 비록 짧은 일정이 예정돼 있었지만, 그렇게 한국에서의 행복한 추억의 시간을 시작했다.

아이들은 그때 스키장에 간 것이 가장 기억에 남는다고 지금도 얘기하곤 한다. 강원도 평창에 있는 한 스키장에서 간단한 스키 레슨을 받은 뒤 아이들은 생전 처음으로 스키를 탔다. 브리즈번에서는 전혀 볼 수 없었던 하얀 설경을 마음껏 즐긴 것이다. 이후에도 아이들은 호주에서는 먹어보기 힘든 우리나라의 맛있는 음식들도 먹고 쇼핑도 하면서 고국에서의 즐거운 시간을 보냈다.

아이들이 한국 여행을 마치고 호주로 돌아갈 때 우리 부부는 아이들과 함께 호주로 건너갔다. 그리고 얼마 지나지 않아 우리 부부가 다시 한국으로 돌아와야 하는 날이 되었다. 쉽게 발이 떨어지지 않았다. 브리즈번 공항에서 아이들과 작별 인사를 나눈 뒤 출국수속을 밟고 비행기를 기다리고 있을 때, 나는 느닷없이 눈시울이 뜨거워지는 것을 느꼈다. 아내 앞에서 눈물을 보인 적이 거의 없던 나는 급히 화장실로 들어가 주체할 수 없을 만큼의 눈물을 쏟아냈다.

항상 우리 부부 곁에 있을 것만 같던 아이들이었는데, 이제 아이들과 영영 떨어져 살아야 하는 순간이 코앞에 다가온 것만 같았다. 아이들은 하나씩 독립할 나이가 되어가고 있고, 아내와 나는 일하기 위해 아이들과 떨어져 한국에서 지내는 시간이 늘어나고 있었다. 그러다 보니 아이들과 함께하는 시간이 너무나 소중한 동시에 아이들과 보내는 짧은 시간이 야속하게 느껴졌다. 한국으로 돌아와서도 나는 한동안 우울감을 떨쳐내기 힘들었다.

그러던 어느 날, 아이들에게 연락이 왔다. 정말이지 다급한 목소리였다. "엄마 아빠! 물이 새! 물난리가 났어!"라고 말하는 둘째 딸과 셋째 아들의 목소리를 듣고는 홍수나 지진 같은 천재지변이라도 벌어진 줄 알고 심장이 크게 뛰기 시작했다. 아이들의 설명을 들어보니 다행히 큰 재해는 아니었고, 호주 집 주방 싱크대 아래 호스가 터져 거기에서 나온 물이 온 집 안을 적시고 있다는 것이었다.

첫째가 학교에 있을 시간이었기 때문에 나는 막내아들과의 영상통화로 집 안 곳곳을 확인한 뒤 앞마당에 있는 상수도 뚜껑을 열어 메인 밸브를 잠그도록 시켰다. 막내의 힘으로는 밸브가 잘 돌아가지 않아 스패너를 찾아와 잠그느라 시간이 꽤 걸렸다. 온 집 바닥으로 물이 금세 찰박찰박 차올랐고, 무슨 상황인지 이해 못한 강아지 벤지만 혼자 신나서 거실 이곳저곳을 뛰어다니는 모습이 보였다.

둘째 하은이는 대학 신입생이었고 막내 해윤이는 중3이었다. 둘은 대걸레와 빗자루 같은 도구들을 가져와 물을 퍼내고 우리 집 모든 수건을 이용해 남아 있는 물기를 닦아내며 문제를 해결하려고 최선을 다했다. 다음 날 아침 첫째 해성

이가 싱크대 호스와 수전을 사다가 교체한 뒤 문제는 그럭저
럭 일단락되었다.

$$\natural$$

가끔 호주와 한국을 오가는 내 삶을 부러워하는 사람들을
만날 때가 있다. 하지만 나는 온 가족이 한곳에서 함께 살아
가는 사람들이 부러울 때가 많다. 아이들과 떨어져 있는 것은
두말할 나위 없이 힘든 일이고, 워낙 멀미가 심한 터라 비행
기를 자주 타는 것 또한 무척 곤욕스럽다.

얼마 후 아내와 함께 다시 아이들이 있는 호주 집으로 갔
을 때, 집에 들어서자마자 우리 집의 래미네이트 바닥재가
물을 먹어 잔뜩 울어 있는 것을 발견했다. 게다가 주방의 아
일랜드 식탁 양쪽 큰 판이 물을 먹어 금이 가고 살짝 내려앉
은 것도 보였다. 도착한 첫날 곧바로 우리 부부는 아이들과
함께 바닥재를 뜯기 시작했다. 바닥재 밑으로는 이미 곰팡이
가 상당량 퍼져 있었고, 여전히 물에 젖어 있는 부분도 군데
군데 많았다.

다 뜯고 보니 바닥재의 양이 생각보다 훨씬 많았다. 그것을 집 밖으로 옮기는 데도 많은 시간이 걸렸다. 그런데 얼마 후 뜻밖의 이웃이 나타났다. 그 바닥재를 갖고 싶다는 것이었다. 뜯어낸 바닥재는 길이도 길고 양도 많았기 때문에 수거업체를 불러 제법 큰 돈을 지불하고 처리해야 할 상황이었다. 비용과 시간을 절약할 수 있으니 거절할 이유가 없었다. 코로나19 시국을 지나며 원자재 가격이 폭등했기 때문에 가능한 일이라는 생각이 들었다.

호주 집 래미네이트 바닥재 아래에는 타일이 가지런히 깔려 있었기 때문에 타일들을 깨끗이 닦고 일부 접착제의 흔적들만 잘 제거하면 바닥은 일차적으로 깔끔하게 정리될 수 있었다. 바닥 외에 페인트칠을 다시 해야 하는 부분들이 있었고 콘크리트로 틈을 메워야 할 부분도 군데군데 있었다. 아일랜드 식탁 양쪽 큰 판은 따로 주문 제작한 뒤 교체해야 했다. 생각보다 크고 고된 작업이었다. 온 가족이 힘을 합쳐 직접 이 작은 공사를 며칠에 걸쳐 마무리했다.

이 모든 작업을 마무리한 뒤 첫째 해성이가 "이게 되네?"

라는 말을 남겼다. 조금은 놀란 눈치였다. 이 일을 통해 힘들어 보이는 일도 막상 뛰어들어 힘을 합쳐 해결해 나간다면 우려했던 것보다 어렵지 않게 일을 처리할 수 있다는 것을 아이들이 몸소 경험했을 거란 생각이 들었다. 나 역시 우리 가족의 힘으로 말끔하게 정리된 집 안의 모습을 보며 뿌듯함을 느꼈다.

다시 몇 주의 시간이 쏜살같이 지나갔고, 또다시 한국으로 돌아와야 하는 날이 다가왔다. 수도관이 터지는 사고도 있던 차여서 다른 때보다 더 아이들이 걱정됐다. 해서 이번에는 나만 먼저 한국으로 들어오고 아내는 조금 더 호주에 남아 아이들과 시간을 보내기로 계획을 세웠다. 하지만 결국 이번에도 나는 아내와 함께 한국으로 돌아왔다. 걱정했던 것보다 세 아이가 똘똘 뭉쳐 잘 지내기도 했고, 한국에서 아내 없이 나 혼자 지내는 것도 너무나 힘든 일이기 때문이었다.

관계에 대한 이야기가 길어지는 것을 보니 내 삶에서 관계라는 것이 무척이나 큰 비중을 차지하고 있다는 생각이 든다. 나는 내 아내가, 그리고 내 아이들이 언제나 대화하고 싶고 언제나 함께하고 싶어하는 그런 사람이고 싶다.

나는 힘들었던 내 성장 과정이 내 부모님의 관계가 그리 좋지 않았던 데에서 시작되었다고 생각한다. 할아버지에게 맡겨진 뒤 처음 몇 년간 나는 우리 가족이 다시 함께 모여 살 것이란 기대를 놓지 않았다. 하지만 조금씩 나이를 먹을수록 그럴 가능성이 점점 희박해지고 있음을 느꼈다. 게다가 할아버지가 가지고 있던 땅을 다 파는 것을 보며 나와 가족의 삶이 경제적으로도 매우 어려워지고 있다는 걸 알아챘다.

나는 소극적이었고 무기력했으며 외로웠다. 이러한 정서적인 면모가 아직까지도 내 마음 한구석에 자리하고 있는 듯하다. 나는 우리 아이들이 어른이 되어서 스스로의 성장기를 되돌아볼 때 '내 어린 시절은 참 행복했다'고 기억하기를 진심으로 바란다. 아이들에게 그만큼 따뜻한 추억이 많았으면 좋겠고, 내가 그들의 추억을 돕는 사람, 내가 그들에게 추억되는 사람이면 좋겠다.

PART 11

**실수는 할 수 있지만,
그 상처는 쉽게
지워지지 않는다**

　　　　　　19세기 아일랜드 출신 대문호 오스카 와일드 Oscar Wilde가 남긴 유명한 명언이 있다. "경험이란 우리가 '실수'에 붙인 다른 이름이다." 지금까지의 실수가 차곡차곡 경험이라는 살이 되어 내 뼈대에 붙어 지금의 '나'를 만든 만큼, 인간의 삶에 실수와 후회는 피할 수 없는 필연이라고 볼 수 있다. 하지만 나의 실수가 누군가의 상처를 초래한다면 이 또한 나의 경험이라 쉽게 말할 수 있을까?

⛳

　　둘째 하은이가 태어나고 얼마 지나지 않았을 때, 나는 처음으로 내 집 마련의 꿈을 꾸게 되었다. 그 당시 호주 정부에서 첫 집을 마련하는 사람에게 지원금을 주었고, 대출도 그리 어렵지 않게 받을 수 있어 돈이 별로 없어도 집을 가질 수 있는 기회였다. 나는 그때 한국에서 온 몇몇 골프 유학생들과 임대계약으로 얻은 집에서 함께 지내며 그들의 훈련을 돕는 일을 하고 있었기 때문에, 만약 내 집이 생긴다면 골프장과 가까운 곳에 방이 많이 딸린 집이었으면 했다.

나는 내가 회원으로 있던 골프장까지 걸어서 갈 만한 위치에서 집을 찾아보기 시작했다. 마땅한 집을 찾을 수 없었지만, 대신 매물로 나와 있는 땅을 하나 발견했다. 은행에서 빌리는 돈이긴 해도, 내 인생에서 큰돈으로 부동산을 직접 매매하는 것이 처음이라 여러 가지로 걱정이 있었지만 네모반듯하고 위치도 괜찮아서 용기를 내어 그 땅을 계약하게 되었다.

땅이 생겼으니 이제 이 땅에 어떤 집을 지을지에 대한 행복한 고민이 시작되었다. 어깨가 무거웠지만 나는 그만큼의 행복을 짊어질 수 있다고 생각했다. 어쩌면 현실적 무게보다 비현실적 행복이 당시의 나를 공중으로 띄워 올렸을지도 모른다.

처음에 나는 방이 네 개 정도 있는 단층집을 지었으면 했다. 그래서 아내와 함께 여러 건축 회사의 모델하우스가 모여 있는 곳에서 단층집을 구경하기 시작했다. 몇몇 이층집도 보였지만 비싸 보여서 들어가 볼 생각이 들지 않았다. 그러다가 그냥 구경이라도 한번 해보자는 심정으로 근사해 보이는 한 이층집에 들어가게 되었다. 양쪽으로 열리는 넓은 정문을 통해 집 안으로 들어서는 순간 이층으로 올라가는 나무 계단이 눈에 먼저 들어왔다. 영화 속에서나 볼 법한 그런 집이었다.

처음에는 단층집이어도 내 집만 가질 수 있다면 너무 행복할 거라 생각했는데, 이층집을 본 다음에는 생각이 바뀌기 시작했다. 나는 무리를 해서라도 이층집을 갖고 싶어졌다. 결국 이층집을 짓는 것으로 한 건축 회사와 계약을 맺었다. 그 후 집을 짓는 4개월 정도의 기간 동안, 우리는 집을 짓기 위해 많은 일들을 했다. 집의 설계도는 정해져 있었지만 집을 구성하는 대부분의 자재는 직접 선택해야 했다. 우리는 사이즈가 큰 벽돌로 집의 외벽을 만들고 짙은 남색의 기와지붕을 올리기로 했다.

집 안의 바닥에는 밝은색의 오크 마루를 깔고 싶었는데, 현장을 책임지던 코디네이터가 그들과 연결된 하청 업체의 마루 견적을 주면서 직접 여러 군데의 업체에서 견적을 더 받아 보면 비용을 줄일 수 있을 거라고 귀띔해 주었다. 결국 여러 업체를 찾아다니며 가격 비교를 해 본 결과 거의 절반 정도의 가격에 원했던 마루를 깔 수 있었다.

집을 짓는 동안 우리는 저녁 시간에 아이들을 데리고 자주 그 현장에 가서 집이 지어지는 과정을 지켜보았다. 그 집이 지어지는 동안의 기대와 설렘은 그때나 지금이나 말로 표현하기가 힘들다. 뼈대가 올라가고 살이 붙으면서 단단한 집의 골조를 갖춰가는 내 집을 바라보는 순간만큼은 세상에서 그 누구도 부러울 것 없는 성공한 가장이 된 듯한 기분이 들었다.

이윽고 입주 날이 다가왔고, 우리는 새 집 냄새가 물씬 풍기는 이층집으로 들어서게 되었다. 늘 임대로 단층집에서만 살던 우리의 신분이 하루아침에 바뀐 듯한 착각이 들었고, 우리 아이들이 여느 부잣집 자녀들처럼 보이기도 했다. 새 집에는 방 일곱 개와 욕실 네 개가 있었다. 안방은 웬만한 방 두 개 이상을 합쳐놓은 정도의 넓이였고, 거기에 일반적인 방 한 칸 정도 넓이의 드레스룸이 하나 딸려 있었다.

하지만 그 집에 산 지 일 년 정도 되어갈 무렵 나는 하고 있던 일을 그만두게 되었다. 갑자기 찾아온 번아웃 때문이었다. 미래를 도모하기 위해서 조금은 쉬어야 할 필요성을 뼈저리게 느낀 때였다. 상황이 이러니만큼, 그 큰 집에 더 이상 살고 싶지 않았다. 당시 둘째는 아직 젖먹이였고 첫째도 어렸기 때문에 우리 가족은 안방에서 다 같이 생활하고 있었다. 나머지 방들과 욕실은 가끔씩 들어가 청소만 할 뿐 우리에게는 없어도 되는 공간이었다. 우리 가족에게는 그렇게 큰 집이 필요하지 않다고 느껴졌고 대출이자도 점점 더 큰 부담으로 다가오기 시작했다.

처음 계획대로 단층집을 짓지 않고 무리해서 이층집을 지은 것이 후회되기 시작했다. 결국 우리는 그렇게 간절하게 원했던 그 집을 일 년 정도만 거주한 후 팔기로 결심했다. 다행히 경기가 괜찮아서 비교적 빠르게 집이 팔렸고, 여러 가지 비용을 부담한 뒤에도 조금의 이득이 남을 만큼 괜찮은 가격을 받을 수 있었다. 그때 나는 집을 팔아서 생긴 이익금의 일부분으로 아이들을 데리고 한국 여행을 하면 좋겠다는 생각을 했다.

지금까지의 실수가 차곡차곡
경험이라는 살이 되어 내 뼈대에 붙어
지금의 '나'를 만든 만큼, 인간의 삶에 실수와
후회는 피할 수 없는 필연이라고 볼 수 있다.

탑차를 빌려 우리 가족에게 맞는 아담한 크기의 임대주택으로 직접 이삿짐을 옮겼다. 그리고 그다음 날 아침, 반납을 위해 내가 탑차를 몰기로 하고 아내는 아이들과 함께 우리 승용차를 운전해 따라오기로 했다. 배가 고프니 맥도날드에 먼저 들르자고 아내가 말했지만 나는 차 반납을 먼저 한 뒤에 한 차로 식사하러 가자고 했다. 그런데 출발한 뒤 얼마 지나지 않아 살짝 돌아가면 나오는 맥도날드의 간판이 떠올랐다. 순간 나는 그곳으로 방향을 돌렸다.

그런데 갑자기 바뀐 목적지에 거의 도착했을 무렵, 탑차 지붕이 어딘가에 걸려버렸다. 아무리 용을 써도 차는 꼼짝하지 않았다. 낮은 고가 다리 아래를 지나다 그만 탑차 지붕이 끼어버린 것이었다. 탑차 뒤로 아내가 운전하는 우리 차가 있었고, 그 뒤로 다른 차들이 줄줄이 줄을 서기 시작했다. 나는 나로 인해 발생한 교통체증 때문에 적잖이 당황한 나머지 액셀을 세게 밟아 그대로 빠져나가려는 시도를 했다. 처음 살짝 끼었을 때 뒤로 빠져나갔으면 됐을 텐데, 너무나 바보 같은 판단을 하고 만 것이다.

내 어리석음 때문에 차는 앞으로도 뒤로도 움직일 수 없는 상태가 되었다. 나는 무엇을 어떻게 해야 할지 몰라 운전석에서 내려 허둥지둥 주변을 살폈다. 당황한 기색이 역력한 아내와 수군거리며 상황을 지켜보는 몇몇 사람이 보였다. 그러던 찰나, 멀리서 누런 맥도날드 종이봉투를 바닥에 내려놓고 빠르게 달려오는 한 젊은 남자가 눈에 들어왔다. 그는 탑차로 달려와서 바로 타이어의 공기를 빼기 시작했다. 그렇게 차의 높이가 낮아져 겨우 그곳을 빠져나올 수 있었다.

가까운 주유소에 들러 타이어 공기압을 다시 맞춘 뒤 렌터카 사무실로 이동하는 동안 너무나 많은 후회와 걱정이 몰려왔다. 거의 새 차였기에 엄청난 금액의 수리비가 청구될 것 같았고, 그래서 가족과의 한국 여행을 접어야 할 것 같았다. 탑차 렌털 계약서를 쓸 때, 높이 제한을 지키지 않아 생긴 사고는 보험 처리가 안 된다는 점을 강조하며 절대 맥도날드에 가지 말라고 농담 삼아 이야기했던 중년 여성 직원분의 얼굴이 그제야 선명히 떠올랐다. 호주 맥도날드 드라이브스루 입구에는 대부분 높이를 제한하기 위한 차단봉이 설치돼 있는데, 나는 아이러니하게도 맥도날드에서가 아닌 맥도날드 가는 길에 사고를 낸 것이었다.

아내가 맥도날드에 먼저 가자고 했을 때 나는 내키지 않았다. 탑차 운전에 익숙하지 않던 나는 얼른 차부터 반납하고 싶은 마음이 컸다. 하지만 허기져 있는 가족들 생각도 나고 살짝만 돌아가면 되는 길이기도 해서, 순간적으로 직진이 아닌 우회전을 선택했던 것이다. 렌터카 사무실로 가는 동안 내내 그 선택의 순간에 대한 끝없는 후회가 밀려왔다. 수리비도 수리비였지만, 멀끔한 차를 이렇게 망가뜨린 채로 반납하는 것이 너무 미안하기도 했다.

렌터카 사무실에 도착해 탑차를 주차한 뒤 나는 그 여성 직원분에게 찾아가 조금 전 일어난 사고에 대해 설명했다. 미안한 마음도 함께 전하며 보험 처리가 안 되는 부분을 안내받았기 때문에 직접 수리비를 지불하겠다고 했다. 직원분이 침착하게 망가진 부분들을 체크하며 위로의 말을 건네던 모습이 기억난다.

가족과의 한국 여행을 포기하고 초조하게 보름 정도를 기다리다가 그 직원 분의 연락을 받았다. 수리비가 우리 돈으로 200만 원 정도 들었다고 했다. 거의 새 차여서 부분 수리를 하지 않고 짐 싣는 탑 부분을 새로 교체할 것이라 짐작했기 때문에, 나는 수리비가 적어도 천만 원은 훌쩍 넘을 거라 걱정하고 있었던 차였다. 나는 너무나 감사한 마음으로 곧바로 렌터카 사무실로 찾아가 수리비를 지불했다.

⛳

지나친 욕심으로 불필요하게 큰 집을 지은 선택이 부담스러운 관리와 비용, 그리고 이사라는 결말로 나에게 돌아왔을 때, 렌터카 직원의 충고를 가볍게 여기고 안전에 대해 소홀했던 내 운전이 가족여행 포기와 수리 비용이라는 결과로 나에게 돌아왔을 때, 그때마다 나는 후회했다. 나는 왜 이토록 후회하는 삶을 살고 있을까.

그러나 이런 여러 후회가 있었기 때문에 내가 조금이나마 발전해 왔다고 나는 생각한다. 이런 후회들이 있었기에 내가 원하는 것이 무엇인지, 우리에게 진정 필요한 것이 무엇인지,

나와 내 가족의 행복과 안전을 위해서는 내가 어떻게 살아가야 하는지 한 번 더 곱씹어보는 계기가 되었기 때문이다.

골프를 칠 때도 경기 내용을 되짚으며 후회하고 반성할 때가 많다. 그 시간은 나에게 발전할 수 있는 기회를 제공해 준다. 하지만 경기가 진행되고 있는 와중에도, 혹은 이미 반성이 끝난 뒤에도 계속해서 자책하며 후회하는 것은 스스로를 괴롭히는 집착이 된다는 것 또한 나는 어렴풋이 깨달았다.

지금까지 살아오면서 나는 크고 작은 실수와 실패를 숱하게 해 왔다. 그리고 그때마다 후회하고 자책하며 나를 더욱 힘들게 했다. 다행인 것은 대부분의 경우 결국 시간이 그것을 해결해 주었다는 점이다. 하지만 내가 누군가에게 상처를 준 나쁜 말과 행동에서 오는 후회는 시간이 지난다고 다 해결되는 것은 아니었다.

나는 적잖이 내 아이들에게 후회스러운 말과 행동을 한 적이 있다. 스스로 돌이켜 볼 때 다소 지나쳤다고 생각되는 언행이었다. 처음 아빠가 되었을 때는 아이를 잘 키워야 한다는 집념이 앞서 아이의 잘못이나 실수에 그리 너그럽지 못하게 대처했다. 지금은 어느덧 성인이 되고 또 성인이 되어가는 아이들을 보면서, 얘들이 어렸을 때 내가 왜 좀 더 침착하지 못했을까 하는 후회가 아직도 마음 한편에서 나를 괴롭힐 때가 있다. 결국 아이들이 자라면서 자연스럽게 배우며 해결될 수 있는 문제들이었는데 말이다. 아이들이 어느 정도 성장한 뒤에 몇 번 이런 내 미안한 마음을 전한 적이 있다. 너희들 잘못이 아니라 아빠의 실수라고, 미안하다고…….

정확히 무슨 일이었는지는 기억나지 않지만, 얼마 전 막내 해윤이가 어떤 잘못을 해서 나와 식탁에 마주 앉은 적이 있다. 첫째 해성이가 한쪽에서 우리를 지켜보고 있었다. 내가 대수롭지 않은 듯 막내를 타이르고 넘어가자 첫째가 전혀 예상하지 못했다는 듯 희미한 감탄사와 함께 나를 뚫어져라 쳐다보는 것이 느껴졌다. 말로 표현하지는 않았지만, 첫째는 자신의 경험으로 미루어 막내가 크게 혼날 거라 짐작했을 것이다. 막냇동생을 보호하고 싶은 마음도 있었겠지만, 그래도 그렇게 되어야 공평한 것이라 생각했을지도 모른다.

첫째는 크게 혼나는 일 없이 자라는 막내를 보면서 조금은 불공평하다 생각하고 있을지 모르겠다. 혹은 아빠가 막내를 특별히 더 아끼고 있다 오해하고 있을지도 모르겠다. 이런 생각을 할 때면 또 마음이 안타까워진다. 첫째 해성이를 키울 때 나는 잘 키워야만 한다는 의욕만 앞선, 미숙하면서 동시에 차분하지 못한 초보 아빠였다. 하지만 셋째에게는 그때보다는 조금 더 경험 있고 여유 있는 아빠가 되어 있는 게 아닐까.

20대 후반의 나이에 가지고 있던 모든 돈을 카지노에서 잃었을 때, 탑차의 높이를 망각하고 다리 밑에 끼어버렸을 때. 그런 일들이 벌어질 때마다 나는 감당하기 힘들만큼의 충격과 후회를 겪어야만 했다. 하지만 시간이 많이 흐른 뒤 지금의 나는 그러한 일을 아무렇지도 않게 웃으며 말할 수 있다. 하지만 아내와 아이들, 그리고 주변 사람들에게 한 실수는 아직까지도 그 장면을 떠올릴 때마다 나를 괴롭힌다.

PART 12

파랑새는
가까이에 있다

2000년 9월에 아내와 함께 호주로 건너간 나는 16년이 지난 2016년 12월에 다시 아내와 세 아이를 데리고 필리핀으로 건너가게 되었다. 내가 호주와 필리핀으로 옮겨 간 것은 여러 이유와 고민이 작용했기 때문이지만, 당시 내가 가지고 있던 마음의 병도 거기에 큰 영향을 미쳤던 것 같다.

나는 분명히 '파랑새증후군'을 앓고 있었다. 이 병을 갖게 된 배경을 나는 내가 살아온 인생의 과정들 때문이라 생각했다. 하지만 지금 생각해 보면, 그것은 괴로운 현실 앞에서 새로운 희망을 갈구하는 인간의 본능일지도 모른다는 생각이 든다.

나는 가끔씩 이런 질문들을 하곤 했다. 어렸을 때 부모님의 사이가 좋지 못했던 이유에는 나의 잘못도 포함돼 있을까? 그때 나는 가족을 위해 어떤 노력을 했어야 할까? 부모님이 이혼한 뒤 어머니와 경주 이모 집에서 방 한 칸 빌려 살 때, 나는 외로웠지만 그래도 괜찮았다. 이모와 이모부는 나에게 늘 친절하셨고, 이모가 운영하던 작은 다방에 가끔 놀러 갈 때면 향긋한 커피 향을 맡는 일도 좋았고 커다란 어항을 보는 일도 좋았다.

그때 이모 집 앞마당에 있던 우물가에서 빨래를 하던 기억이 있다. 어머니가 퇴근하고 돌아왔을 때 내가 손수 빨래를 해놓은 걸 보면 기뻐할 거라 생각하며 어머니 퇴근 전에 급한 손놀림으로 빨래를 한 적도 있다. 그때의 나는 가족과 함께 잘 지내고 싶어서 그런 노력을 했던 것 같다. 하지만 그렇게 가족의 행복을 위해 고사리손으로 손빨래를 하던 나에게는 어떠한 선택의 기회도 없었던 것일까? 나에게는 일말의 선택권도 주어지지 않은 채 초등학교 고학년이었던 어느 날 나는 갑자기 할아버지에게 맡겨지게 되었다.

7년이라는 제법 긴 세월이 흐른 뒤 고등학교 졸업을 앞두고 있을 만큼 내가 훌쩍 컸을 때야 비로소 어머니는 나를 다시 찾았다. 그렇게 갑자기 어머니가 찾아왔을 때, 내 기분에 대해서는 왜 아무도 물어보지 않았을까? 나는 줄곧 가족 중 가장 작고 나약한 존재였다. 그때 가족 중에서 그 누구도 내 기분에 대해서는 신경 쓰지 않았고, 나 역시 가족 누구에게도 내 마음을 표현하고 싶지 않았다.

파랑새는 내가 있는 곳에는 없다고 나는 생각했다. 어쩌면 내가 가보지 못한 어딘가에 나의 행복이 있을지도 모른다고, 내가 어른이 되면 파랑새를 만날지도 모른다고 막연하게 생각하며 살았다.

호주에서 나는 가족과 함께 충분히 행복했다. 어떤 기준을 견주느냐에 따라 행복에 대한 평가는 달라지겠지만, 지금 돌이켜 보았을 때는 충분히 그랬다고 생각한다. 하지만 나는 습관처럼 또다시 변화를 선택했고, 결국 가족과 함께 필리핀으로 가게 되었던 것이다.

호주로 처음 건너갔을 때는 아내와 나만 있었다. 나름 선진적이고 안전한 나라로 간다고 여기기도 했고, 아내의 작은 아버지가 공항으로까지 마중 나오신다고 하여 비교적 마음

편히 한국을 떠날 수 있었다. 하지만 필리핀으로 건너갈 때는 상황이 달랐다. 아내와 나에게는 세 명의 아이가 딸려 있었고, 그곳에는 아는 사람이 하나도 없었다. 더군다나 주변 소식으로 쉽게 접해왔던 필리핀 현지의 불안한 치안 상황 역시 나를 걱정스럽게 했다.

16년 동안 호주에서 살면서 늘어난 살림을 몇 개의 이민 가방으로 줄인다는 것은 무척 힘든 일이었다. 정이 든 물건이 많았는데 그중 일부만 선택하고 더 많은 것을 버려야만 하는 상황은 나와 아내를 힘들게 했다. 서랍장 깊숙이 보관하고 있던 아이들 돌 반지와 아내의 팔찌나 목걸이같이 금으로 된 것들은 모두 팔아서 현금으로 바꾸기도 했다. 우리는 항공료를 조금이나마 줄이기 위해 말레이시아를 경유해서 필리핀으로 들어갔다. 마닐라의 니노이 아키노 국제공항에 도착했을 때 나는 긴장감이 배가되는 것을 느꼈다. 우리 가족을 임시숙소로 데려다준 현지 기사분이 절대 짐에서 눈을 떼지 말라고 신신당부하던 모습이 지금도 생생하다.

필리핀에서의 첫날, 우리 가족은 너무 피곤한 나머지 숙소에 도착하자마자 잠이 들었다. 그렇게 정신없이 곯아떨어졌던 새벽, 요란한 소리에 눈을 떴다. 동이 트기 전이어서 사위는 아직 어두웠고, 정체를 알 수 없는 그 소리 때문에 필리핀의 첫날부터 섬뜩함을 느껴야 했다. 조심스럽게 창문을 살짝 열고 밖을 둘러보고 나서야 나는 그게 닭이 홰치는 소리임을 알게 되었다.

임시숙소에 며칠 머문 뒤 우리 가족은 필리핀에서 지낼 집으로 이동했고, 나는 곧바로 차를 알아보기 시작했다. 새 차를 살 만큼의 여유가 없었기 때문에 중고차를 알아보고 있었다. 몇 군데 중고차 업체의 매물들과 온라인을 통해 개인이 올려놓은 매물들을 비교해 보니 개인 거래가 훨씬 유리해 보였다. 하지만 현지 사정을 전혀 알지 못하는 나에게 개인 거래는 위험한 선택일 수도 있었다.

그러던 중 온라인에 한국 사람이 올려놓은 8년 정도 된 중형 SUV가 눈에 들어왔다. 상대가 한국 사람이어서 나는 마음을 놓고 바로 문자를 주고받기 시작했다. 그때까지 나는 세단 차량만 몰았었는데, 비포장도로가 많은 필리핀의 상황을 고려했을 때 우리 가족에겐 SUV 차량이 적당할 것 같았다.

이 차를 거래하는 데는 불안 요소가 있었다. 상황은 이랬다. 차의 주인은 그 한국인이 아니고 그분이 알고 지내는 필리핀 현지인이었다. 그리고 차는 그 현지인 집에 있었다. 그런데 거래가 성사되면 대금은 차의 주인이 아닌 그 한국인의 한국 계좌로 송금해 주기를 원하는 것이었다. 비교적 큰돈을 현금 다발로 들고 가는 것이 위험한 일이기도 했고 그 차량도 마음에 들었으며 왠지 모르게 그 한국인에게도 신뢰가 가서, 나는 일단 그러겠다고 이야기한 뒤 차를 보러 갔다.

차 주인은 부자 동네에 살고 있었다. 이 점 때문에 나는 조금 안심했다. 고급스러운 이층집에서 나온 차 주인은 젊은 필리핀 남성이었다. 차는 온라인에서 본 그대로였고, 차 주인과 어느 정도 대화를 나누다 보니 더욱 안심이 되었다. 나는 곧 차 주인의 친구인 한국인 계좌로 차 값을 송금했다. 다행히 걱정했던 무서운 일이 벌어지지는 않았다. 차 주인은 친절하게도 자동차 등록까지 함께 해주며 명의를 빠르게 이전하도록 도와주었다. 그 차는 우리 가족이 필리핀에 있는 동안 우리의 듬직한 발이 되어주었고, 다시 호주로 건너간 뒤에도 우리 가족은 같은 차종의 차를 타고 있다.

필리핀의 도로 사정은 상상을 초월했다. 운전을 하면서 한 시도 긴장을 늦출 수가 없었다. 횡단보도가 아닌 곳에서 사람들이 도로를 건너는 건 일상이었고, 개나 고양이가 도로 위로 갑자기 튀어나오는 경우도 부지기수였다. 도로 가장자리에 아무런 보호 조치도 해 놓지 않은 하수구도, 차가 그곳에 빠지는 일도 비일비재했다. 왕복 2차선 도로를 4차선으로 넓혀놓고는 원래 도롯가에 있던 전신주들을 그대로 방치해 둔 곳도 있었다. 나같이 외지에서 온 사람으론 도로 한복판에 전신주가 우두커니 서 있는 모습은 상상치도 못할 장면이었다. 한번은 도로 중간에 서 있는 전신주를 그대로 들이받아 보닛이 V자 모양으로 꺾여 들어간 차를 본 적도 있다. 그 차를 몰던 서양인 남자는 몹시 놀란 가슴을 쓸어내리며 길가에 앉아 있었다.

필리핀으로 가기 전부터 나는 그곳의 치안 상황을 무척 걱정하고 있었다. 하지만 필리핀 도착 후 한 달 정도 지났을 무렵, 위기는 전혀 예상치 못한 곳에서 찾아왔다. 어느 날 아침 오른쪽 귀에 가려운 느낌이 있어 거울을 들여다봤더니 벌레 물린 자국 몇 개가 보였다. 아침에는 대수롭지 않게 여기고 그냥 넘어갔는데, 오후가 되고 저녁이 되면서 점점 심한 감기 증상이 생기기 시작했다.

그 자국은 시간이 갈수록 점점 검게 변하고 있었고, 목을 둘러싸며 여러 개의 구슬 같은 멍울이 잡히기 시작했다. 그 때부터 그 전까지 절대 경험해 본 적 없었던 굉장한 고통이 찾아왔다. 어지러움으로 구토를 하기 시작했고 열이 올랐으며 극심한 두통을 느꼈다. 아무것도 먹을 수 없었다. 진통제를 먹으면 그 알약이 액체로 변해 그대로 몸에서 빠져나왔다. 고통이 너무 심해 잠을 잘 수도 없어서 결국 아내의 부축을 받아 병원으로 향했다.

집을 나서니 온 세상이 빙글빙글 돌고 있었다. 한밤중이라 택시가 잡히지 않아 아내와 나는 오토바이에 리어카 같은 승합 공간을 붙여 만든 트라이시클tricycle을 잡아타고 병원으로 가야 했다. 몇 가지 검사를 마친 뒤 병원에서 주는 진통제들을 여러 번 복용했지만, 그것을 계속해서 토해냈기 때문에 아무런 효과를 볼 수 없었다. 의사는 입원을 권했지만, 그렇게 아픈 상황에서도 나는 병원비가 걱정되어서 아내와 함께 다시 트라이시클을 타고 집으로 돌아왔다.

그렇게 아무것도 먹지 못한 채 사흘 정도의 시간이 지나자 이 병으로 죽을 수도 있다는 생각이 들기 시작했다. 그래서 그날 세 아이를 불러 앞에다 앉혀놓고 자못 심각하게 유언을 남기기도 했다.

병을 앓기 시작하고 8일이 지나고 나서야 나는 겨우 정신을 차릴 수 있었다. 그 8일을 어떻게 버텼는지 도통 기억이 나질 않았다. 며칠 만에 몸을 일으켜 거울을 바라보며 양치질을 하고 있었는데, 얼굴에 뭔가 이상이 생겼다는 느낌을 받았다. 오른쪽 얼굴의 신경이 마비돼 있었던 것이다. 입안을 헹구려고 물을 입에 넣으면 물이 그대로 다 흘러나와 버렸다. 오른쪽 눈은 감기지 않아 빨갛게 충혈되어 있었다.

며칠 뒤 아내와 나는 한 식당을 찾았다. 음식이 나와 무심

코 국물을 한 숟갈 떠서 입에 넣었는데, 그 순간 내 얼굴이 저절로 심하게 비틀어지는 것이었다. 오른쪽 입술이 다물어지지 않았기 때문에 국물이 흐를까 봐 나도 모르게 반사적으로 일어난 현상이었다. 그때 아내와 눈이 마주쳤을 때 스스로 굉장히 당황했던 기억이 난다.

그날부터 나는 매일 나의 얼굴을 확인했다. '오' 하고 입술을 오므리면 왼쪽은 동그랗게 모아지는데 오른쪽은 그러지 못하고 넓게 펴져 있었다. 그 펴진 정도가 얼마나 줄어들고 있는지, 너무나 간절한 마음으로 틈만 나면 거울 앞으로 가 재차 얼굴을 확인했다. 한 달 정도가 되자 다행히도 오른쪽 얼굴의 신경이 거의 회복되었다. 그렇게 나는 점차 일상으로 돌아왔다.

그때 나는 박테리아에 감염됐던 것인데, 어떤 매개체에 의해 어떻게 박테리아 몸 안으로 들어왔는지는 지금도 알지 못한다. 갑작스러운 감염으로 죽을 수도 있다는 것을 몸소 체험하면서 나는 아내의 소중함을 더욱 깊이 깨닫게 되었다. 위기의 순간 결국 내 옆을 지켜주는 건 가족밖에 없다는 사실을 뼈저리게 느꼈던 것이다.

내가 염려했던 필리핀의 치안 상황이 아닌 박테리아 감염이라는 예상치 못한 일로 가장 큰 위기를 겪었던 것처럼, 필리핀을 결국 떠나게 된 이유 역시 걱정했던 재정 문제가 아닌 딸에게 일어난 뜻밖의 일 때문이었다. 앞서 이야기했던 것처럼, 흔히 뉴스나 영화에서나 볼 수 있던 집단 따돌림 혹은 괴롭힘이 하은이에게 일어난 것인데, 사실 그 일은 우리 가족을 더욱 똘똘 뭉치게 한 계기로 작용했다.

♪

참 아이러니하게도 나는 결코 무난하지 않았던 필리핀 생활에서 내가 그토록 찾고자 했던 파랑새를 찾았던 것 같다. 어디에서도 볼 수 없었던 파랑새가 그곳에 실재했던 것은 아니다. 항상 내 옆에 자리하고 있었던 파랑새를 나는 그곳에서 드디어 발견하기 시작했던 것이다. 그제야 나는 파랑새가 나에게 제 얼굴을 보여주지 않는 것이 아닌 내가 파랑새를 알아보지 못했다는 것을 깨달았다.

내가 필리핀에서 깨달은 가장 중요한 것은 가족의 소중함이었다. 그리고 행복은 멀리에 있지 않다는 사실이었다. 나에게는 소중한 아내와 최선을 다해 길러야 할 세 아이가 있었다. 나의 행복이 거기에 있었던 것이다.

파랑새는 내가 있는 곳에는 없다고
나는 생각했다. 어쩌면 내가 가보지 못한
어딘가에 나의 행복이 있을지도 모른다고, 내가
어른이 되면 파랑새를 만날지도
모른다고 막연하게 생각하며 살았다.

마무리가 잘되었을 때
또 다른 시작을 기대할 수 있다.

Finish

───→ 피니시

 며칠 전 벤처캐피털회사를 운영하시는 어느 대표님과 식사를 한 뒤 커피 한잔을 하며 이야기를 나누었습니다. "투자할 만한 벤처기업을 찾지 못하고 고민만 하느라 투자를 하지 않는 것은, 잘못된 투자로 회사에 손실을 가져오는 것보다 더 나쁜 일이다"라는 것이 말씀의 요지였습니다. 이 이야기를 듣기 전까지 저는, 손해를 보느니 차라리 투자를 하지 않는 편이 낫지 않을까 하는 생각을 갖고 있었던 것 같습니다. 하지만 그 대표님은 "30퍼센트 정도의 투자가 성공적이면 다른 곳에서 조금 손실이 발생한다 하더라도 회사는 성장할 수 있다"며 "손실이 발생한 투자 역시 회사의 다음 스텝을 위한 좋은 피드백으로 사용될 수 있다"고 말씀하시더군요. 그러면서 "투자를 아예 하지 않은 직원은 회사에 아무런 기여를 하지 않은 것"이라는 의견도 보태셨습니다.

대표님의 이야기를 들은 저는 그 자리에서 탁, 하고 무릎을 쳤습니다. 불현듯 우리의 삶도 이와 마찬가지가 아닐까, 라는 생각이 뇌리를 스쳤기 때문입니다. 지구에 발붙이고 살고 있는 모든 사람에게는 너무나 공평하게도 하루에 24시간이 주어집니다. 분명 공평하게 주어진 이 스물네 시간을 어떻게 투자하느냐 따라 성공 여부가 갈릴 것입니다. 하지만 최선을 다하기 위해 잠자는 시간도 포기한 채 스물네 시간을 온전히 일에 투자한다고 해서 성공이 보장되지는 않습니다. 과도한 시간 투자와 노력은 오히려 위기를 불러올 수도 있겠지요. 하지만 이 '노력'을 '투자'하지 않으면 아무런 기대도 할 수 없습니다. 무언가를 노력하고 시도하고 투자한 사람만이 경험이라는 작은 결실을 얻을 수 있습니다. 이 경험이 쌓이고 또 쌓일 때, 우리는 더 나은 내일을 기대할 수 있을 것입니다.

　그런 의미에서 지금 이 순간 가장 심각한 위기에 빠져 있는 사람은 '아무것도 하지 않는 사람'입니다. 그는 '실패'를 하지 않았지만, 동시에 아무런 경험을 얻지 못했기 때문입니다. 아무런 경험을 얻지 못한 사람은 주어진 시간과 기회를 그저 허비한 사람에 지나지 않습니다.

　제가 이 글들을 쓴 것은 어떻게 하면 큰 성공을 거둘 수 있을지에 대해 말하고 싶어서가 아닙니다. 저는 크게 성공한 스포츠인도 아니고 널리 알려진 유명인도 아닙니다. 그저 주어진 시간과 기회를 허비하지 않고자 열심히 살아가고 있는 한 사람입니다. 그래서 이 책은 그다지 뛰어나지 않은 한 평범한 사람의 무모한 시도와 도전이 어떻게 삶의 방향을 바꿀 수 있는지 보여준다고 생각합니다.

　20대 후반에 결혼한 저는 아내와 함께 관광비자로 호주 유학을 떠났고, 유학 1년 만에 수중의 돈이 다 떨어지는 상황과 마주했습니다. 그런 상황 속에서, 골프를 한 번 쳐본 적도 없던 저는 우연처럼(어쩌면 운명처럼) 호주의 시내버스 안에서 프로 골퍼가 되겠다는 꿈을 가지게 되었습니다. 그런 무모한 꿈을 이루기 위해 무모한 노력과 무모한 시도를 반복하는 세월을 보냈고, 그리하여 지금의 '나'로 살고 있습니다.

　지금의 '나'로 살기까지, 골프 이외에도 수많은 것들에 무모한 시도를 하고 끝없는 노력을 기울이며 그 시절을 건너왔습니다. 하지만 지금 돌이켜보면, 제가 가장 큰 노력을 기울인 것은 지금처럼 행복한 가정을 이루기 위한 일들이었습니다. 아주 어렸을 때 부모님이 이혼하는 바람에 이모 댁과 할머니 댁을 전전하며 자란 저는, 어떻게 해야 가족이 함께 행복하게 살 수 있는지 배우지 못했습니다. 아마도 여러 우여곡절을 통해 제가 찾은 가장 중요한 것은 아내와 세 아이와 가정을 이뤄 함께 사는 '행복'일 것입니다.

제가 여기 이런 글을 남기기까지 감사한 분들이 너무도 많습니다만, 지금 저의 존재 이유인 가족에게 가장 먼저 고마움을 전하고 싶습니다. 고맙습니다. 사랑합니다.

인생의 방향은 언제든 바뀔 수 있다

초판 1쇄 인쇄 2024년 5월 13일
초판 1쇄 발행 2024년 5월 22일

지은이 조윤성
펴낸이 김선식

부사장 김은영
콘텐츠사업2본부장 박현미
책임편집 임경섭 **디자인** 정명희 **책임마케터** 최혜령
콘텐츠사업6팀장 임경섭 **콘텐츠사업6팀** 곽수빈, 정명희
마케팅본부장 권장규 **마케팅1팀** 최혜령, 오서영, 문서희 **채널1팀** 박태준
미디어홍보본부장 정명찬 **브랜드관리팀** 안지혜, 오수미, 김은지, 이소영
뉴미디어팀 김민정, 이지은, 홍수경, 서가을, 문윤정, 이예주
크리에이티브팀 임유나, 박지수, 변승주, 김화정, 장세진, 박장미, 박주현
지식교양팀 이수인, 염아라, 석찬미, 김혜원, 백지은
편집관리팀 조세현, 김호주, 백설희 **저작권팀** 한승빈, 이슬, 윤제희
재무관리팀 하미선, 윤이경, 김재경, 이보람, 임혜정
인사총무팀 강미숙, 지석배, 김혜진, 황종원
제작관리팀 이소현, 김소영, 김진경, 최완규, 이지우, 박예찬
물류관리팀 김형기, 김선민, 주정훈, 김선진, 한유현, 전태연, 양문현, 이민운

펴낸곳 다산북스 **출판등록** 2005년 12월 23일 제313-2005-00277호
주소 경기도 파주시 회동길 490
전화 02-704-1724 **팩스** 02-703-2219
이메일 dasanbooks@dasanbooks.com
홈페이지 www.dasan.group **블로그** blog.naver.com/dasan_books
용지 아이피피 **인쇄** 민언프린텍 **제본** 다온바인텍 **코팅 및 후가공** 제이오엘엔피

ISBN 979-11-306-5298-6 (03810)

● 책값은 뒤표지에 있습니다.
● 파본은 구입하신 서점에서 교환해 드립니다.
● 이 책은 저작권법에 의하여 보호를 받는 저작물이므로 무단 전재와 복제를 금합니다.